우리가 정말 알아야 할 우리 고전

전우치전
최고운전

우리가 정말 알아야 할 우리 고전 기획 위원

고운기 | 한양대학교 문화콘텐츠학과 교수
김현양 | 명지대학교 방목기초교육대학 교수
정환국 | 동국대학교 국어국문학과 교수
조현설 | 서울대학교 국어국문학과 교수

우리가 정말 알아야 할 우리 고전

전우치전 최고운전

초판 1쇄 발행 | 2013년 1월 25일

글 | 조상우
그림 | 김호랑
펴낸이 | 조미현

편집주간 | 김수한
책임편집 | 서현미
교정교열 | 이혜원
디자인 | 디자인 나비

출력 | 문형사
인쇄 | 천일문화사
제책 | 쌍용제책사

펴낸곳 | (주)현암사
등록 | 1951년 12월 24일 · 제10-126호
주소 | 121-839 서울시 마포구 서교동 481-12
전화 | 365-5051 · 팩스 | 313-2729
전자우편 | editor@hyeonamsa.com
홈페이지 | www.hyeonamsa.com

글 ⓒ 조상우 2013
그림 ⓒ 김호랑 2013
ISBN 978-89-323-1643-7 03810

* 이 도서의 국립중앙도서관 출판시도서목록(CIP)은
  e-CIP 홈페이지(http://www.nl.go.kr/ecip)에서 이용하실 수 있습니다.
  (CIP제어번호 : 2013000143)

우리가 정말 알아야 할 우리 고전

전우치전
최고운전

글 조상우 | 그림 김호랑

ㅎ 현암사

우리 고전 읽기의 즐거움

문학 작품은 사회와 삶과 가치관을 총체적으로 담고 있는 문화의 창고이다. 때로는 이야기로, 때로는 노래로, 혹은 다른 형식으로 갖가지 삶의 모습과 다양한 가치를 전해 주며, 읽는 이에게 기쁨과 위안을 주는 것이 문학의 힘이다.

고전 문학 작품은 우선 시기적으로 오래된 작품을 말한다. 그러므로 낡은 이야기일 수 있다. 그러나 그 속에 담긴 가치와 의미는 결코 낡은 것이 아니다. 시대가 바뀌고 독자가 달라져도 고전이라는 이름으로 여전히 많은 사람에게 읽히는 작품 속에는 인간 삶의 본질을 꿰뚫는 근본적인 가치가 담겨 있다. 그것은 시대에 따라 퇴색되거나 민족이 다르다고 하여 외면될 수 있는 일시적이고 지역적인 것이 아니다. 시대와 민족의 벽을 넘어 사람이면 누구나 공감할 수 있는 보편적이고 세계적인 것이다. 그렇기 때문에 우리가 톨스토이나 셰익스피어 작품에서 감동을 받고, 심청전을 각색한 오페라가 미국 무대에서 갈채를 받을 수도 있다.

우리 고전은 당연히 우리 민족이 살아온 궤적을 담고 있다. 그 속에 우리의 지난 역사가 있고 생활이 있고 문화와 가치관이 있다. 타인에게 관대하고 자신에게 엄격한 공동체 의식, 선비 문화 속에 녹아 있던 자연 친화 의지, 강자에게 비굴하지 않고 고난에 굴복하지 않는 당당하고 끈질긴 생명

력, 고달픈 삶을 해학으로 풀어내며 서러운 약자에게는 아름다운 결말을 만들어 주는 넉넉함…….

사람과 사람, 사람과 자연의 '어울림'을 중요하게 생각했던 우리의 가치관은 생활 속에 그대로 녹아서 문학 작품에 표현되었다. 우리 고전 문학 작품에는 역사가 기록하지 않은 서민의 일상이 사실적으로 전개되며 우리의 토속 문화와 생활, 언어, 습속이 구체적으로 드러난다. 작품 속 인물들이 사는 방식, 그들이 구사하는 말, 그들의 생활 도구와 의식주 모든 것이 우리의 피 속에 지금도 녹아 흐르고 있음이 분명하지만 우리 의식에서는 이미 잊힌 것들이다.

그것은 분명 우리 것이되 우리에게 낯설다. 고전을 읽음으로써 우리는 일상에서 벗어나 그 낯선 세계를 체험하는 기쁨을 얻게 된다. 몰랐던 것을 새롭게 아는 것이 아니라 잊었던 것을 되찾는 신선함이다. 처음 가는 장소에서 언젠가 본 듯한 느낌을 받을 때의 그 어리둥절한 생소함, 바로 그 신선한 충동을 우리 고전 작품은 우리에게 안겨 준다. 거기에는 일상을 벗어났으되 나의 뿌리를 이탈하지 않았다는 안도감까지 함께 있다. 그것은 남의 나라 고전이 아닌 우리 고전에서만 받을 수 있는 선물이다.

우리 고전을 읽어야 한다는 데는 이미 많은 사람이 공감한다. 고전 읽기를 통해서 내가 한국인임을 자각하고, 한국인이 어떻게 살아왔으며, 어떻게 살아가야 할지 알게 하는 문화의 힘을 느낄 수 있다.

하지만 고전은 지난 시대의 언어로 쓰인 까닭에 지금 우리가, 우리의 청소년이 읽으려면 지금의 언어로 고쳐 쓰는 작업이 반드시 선행되어야 한다. 우리가 쉽게 접하는 세계의 고전 작품도 그 나라 사람들이 시대마다 새롭게 고쳐 쓰는 작업을 거듭한 결과물이다. 우리는 그런 작업에서 많이 늦은 것이 사실이다. 이제라도 우리 고전을 새롭게 고쳐 쓰는 작업을 할 수 있는 것은 우리의 문화 역량이 여기에 이르렀다는 방증이다.

현재 우리가 겪는 수많은 갈등과 문제를 극복할 해결의 실마리를 고전 속에서 찾을 수 있다고 확신하면서 우리 고전을 지금의 언어로 고쳐 쓰는 작업을 시작한다. 이 작업은 여기에서 멈추지 않고 앞으로도 시대에 맞추어 꾸준히 계속될 것이다. 또 고전을 읽는 데서 끝나지 않을 것이다. 우리 고전은 우리의 독자적 상상력의 원천으로서, 요즘 시대의 화두가 된 '문화 콘텐츠'의 발판이 되어 새로운 형식, 새로운 작품으로 끝없이 재생산되리라고 믿는다.

'우리가 정말 알아야 할 우리 고전'을 기획하면서 우리는 다음과 같은 몇 가지 원칙을 세웠다.

먼저 작품 선정에서 한글·한문 작품을 가리지 않고, 초·중·고 교과서에

수록된 작품을 우선하되 새롭게 발굴한 것, 지금의 우리에게도 의미 있고 재미있는 작품을 포함시키기로 하였다.

그와 함께 각 작품의 전공 학자들이 적극적으로 참여하여 판본 선정과 내용 고증에 최대한 정성을 쏟았다. 아울러 원전의 내용과 언어 감각을 훼손하지 않으면서도 글맛을 살리기 위해 여러 차례 윤문을 거쳤다.

마지막으로 시각 효과를 높이기 위해 내용에 맞는 그림을 곁들였다. 그림만으로도 전체 작품의 흐름을 알 수 있도록 화가와 필자가 협의하여 그림 내용을 구성했으며, 색다른 그림 구성을 위해 순수 화가와 사진작가를 영입하기도 하였다.

경험은 지혜로운 스승이다. 지난 시간 속에는 수많은 경험이 농축된 거대한 지혜의 바다가 출렁이고 있다. 고전은 그 바다에 떠 있는 배라고 할 수 있다.

자, 이제 고전이라는 배를 타고 시간 여행을 떠나 보자. 우리의 여행은 과거에서 출발하여 앞으로 미래로 쉼 없이 흘러갈 것이며, 더 넓은 세계에서 더 많은 사람을 만나며 끝없이 또 다른 영역을 개척해 갈 것이다.

우리가 정말 알아야 할 우리 고전

기획 위원

차례

최고운전

전우치전

전우치,
일찍이 아버지를 여의다

고려 말 남서부 지역에 한 이름난 선비가 있었다. 성은 전이고, 이름은 숙이며, 별호는 운화 선생이다. 대대로 벼슬한 자손이었는데, 전숙에 이르러서는 벼슬에 뜻이 없어서 산에 들어가 숨어 살며 글공부만 하였다. 때때로 친구를 모아서 산천을 구경하며 세월을 허비하여 사람들이 전숙을 '산중처사'라 일컬었다. 부인 최씨는 대대로 높은 벼슬을 한 집안의 딸이었다. 말이 정연하고 얼굴이 곱고 아름다운 덕행을 두루 갖추었다.

처사는 부인과 10여 년을 즐겁게 살았다. 슬하에 자식이 없어서 처사는 밤낮으로 탄식하였다. 하루는 최씨 부인이 꿈을 꾸었는데, 하늘에서 구름 한 뭉치가 내려왔다. 구름 속에 푸른 옷을 입은 소년이 백년화를 손에 쥐고 나왔다. 부인에게 절을 하며 소년이 말하였다.

"소자는 영주산에서 약을 캐던 아이입니다. 하늘에 죄를 얻어서 인간 세상으로 내려오게 되었습니다. 부인께서는 갈 곳 모르는 저를 어여삐 여겨 주십시오."

부인이 매우 기뻐하며 소년에게 되물으려고 하는데 문득 꿈에서 깨어나니 몸과 마음이 황홀하였다. 꿈속의 일을 이야기하니 처사가 다 듣고는 기뻐하였다.

"우리 부부 팔자가 기박하여 자식이 없을까 슬퍼하였습니다. 그러나 이제 부인이 꾼 꿈속 일이 이와 같으니 틀림없이 하늘이 귀한 자식을 점지해 주려는 것입니다."

과연 그날로부터 태기가 있어 열 달이 다 되었다. 하루는 빛이 고운 구름이 집을 에워싸며 아름다운 향기가 집 안에 가득하였다. 처사는 집 안을 깨끗이 청소하고 출산을 기다렸다. 정신이 혼미한 가운데 부인이 눈을 들어 보니 지난번 꿈속에서 보았던 소년이었다. 소년을 보고 반가웠으나 부인은 그만 정신을 잃고 말았다. 이윽고 일 척* 아이를 출산하였다.

처사는 매우 기뻐하면서 부인을 보살폈다. 아이를 살펴보니 용모가 화려하고 기골이 굳세고 컸다. 처사가 매우 기뻐하며 말하였다.

"이 아이는 꿈에 보았던 소년이니 이름을 우치라 합시다. 자*는 몽중선이며, 별호는 구십재가 좋겠소."

처사가 애지중지하는 것이 어느 것에 비할 것이 없었다.

우치가 점점 자라 일곱 살이 되었다. 처사가 글을 가르치니 총명하고 빨리 깨달아 하나를 들으면 열을 알 정도였다. 처사의 사랑이 지나칠 정도였다. 우치의 나이 열 살에 이르렀다. 옛말에 흥함이 다하면 슬픔이 오는 법이라 하였다. 처사가 갑자기 병을 얻어 백약을 사용해도 효능이 없었다. 처사가 부인에게 청하여 말하였다.

"내 생각에 오래지 않아 죽을 것 같소. 아들이 장성함을 보지 못하는 것이 내 남은 한이오. 부인께서는 속으로 슬픔을 억제하여 나의 부탁을 저버리지 마오. 우치를 양육하여 영화를 보시고 백세토록 아무 걱정이 없게 하시오."

이에 부인이 정신을 잃고 눈물을 흘리면서 말을 하지 못하였다. 며칠 후에 처사가 죽으니 부인이 가슴을 치면서 통곡하였다. 우치 또한 하늘이 다하는 슬픔을 견디지 못해 기절하였다. 부인도 망극하지만 아들을 걱정하여 정성으로 위로하였다. 우치가 비록 나이는 어리나 장례를 집행하는 데 예의에 어긋남이 없이 처음과 끝을 극진히 하였다. 처사의 시신을 선산에 안장하고 어머니를 집으로 모셨다. 삼년상을 지극한 효성으로 지내니 동네 사람들이 탄복하였다.

일 척一尺 약 33cm 정도
자字 사람의 이름을 소중히 여겨, 본이름 외에 부르기 위하여 짓는 이름. 흔히 관례나 장가든 뒤에 본이름 대신으로 부른다.

맹 어사 딸의
구슬을 빼앗다

전 처사의 친구 가운데 윤공이 있었다. 윤공은 문장이 뛰어나고 만 리 밖을 바라보는 능력이 있었다. 우치가 윤공에게 책을 가지고 가서 배웠다. 하루는 우치가 일찍 일어나서 서당으로 갔다. 그 길에 한 산을 넘어가니 대나무 숲이 무성하였다. 그곳에 계집아이가 흰옷을 단정하게 입고 앉아서 울고 있었다. 우치가 신경을 쓰지 않고 지나가서 윤공에게 글을 배웠다. 집에 돌아오다 보니 그 여자가 아직도 울고 있었다. 우치가 괴이하게 여겨서 가까이 가서 보았다. 나이는 열대여섯 정도로 보이고, 용모는 옥 같았다. 아름다운 태도가 남자의 마음을 방탕하게 할 정도였다.

전우치가 여자에게 다가가 위로하며 말하였다.

"그대는 어느 곳에서 왔습니까? 무슨 일로 아침부터 하루가 다 되도록 슬피 울고 있습니까?"

여자가 울음을 그치고 약간 부끄러워하며 대답하였다.

"저는 이 산 아래 삽니다. 서러운 일이 있어서 웁니다."

여자가 자세히 얘기하지 않자 전우치가 그 곁으로 다가가 간절하게 다시 물었다. 여자가 다시 대답하였다.

"저는 맹 어사의 딸입니다. 다섯 살 때 어머니께서 돌아가시고 계모가 들어왔습니다. 계모는 저에 대해 아버지께 거짓을 고하여 죽이고자 하였습니다. 밤낮으로 서러워 저는 스스로 목숨을 끊으려 하였습니다. 그러나 차마 하지 못해 이처럼 울고 있는 것입니다."

전우치가 이 말을 듣고 여자를 아주 불쌍하게 여기며 말하였다.

"사람이 죽고 사는 것은 하늘의 명에 달렸소. 그대는 부모님께서 주신 몸을 생각하여 살도록 애써 보시오."

전우치가 여자의 손을 잡았다. 여자는 조금도 냉담한 기색이 없었다. 둘은 기쁜 마음으로 서로 손을 잡고 서로의 정을 느꼈다. 전우치는 여자에게 떠나며 계속 다른 마음을 먹지 말라고 당부하고는 헤어졌다.

다음 날 전우치가 윤공에게 나아가다 여자를 만난 곳에 이르렀다. 여자가 나와서 부르며 말하였다.

"이곳에서 당신을 기다린 지 오래되었습니다."

전우치가 반겨 손을 잡고 좋아하며 말하였다.

"아직 이곳에 계시었소?"

전우치가 서당에 나아가니 윤공이 말하였다.

"너는 오다가 여색을 범하였으니 글을 배워도 천지의 조화를 통하지 못할 것이다. 이제 돌아가면 너는 그 여자를 또 만날 것이다. 그 여자는 입에 구슬을 머금고 있을 것이니 그 구슬을 훔쳐다가 나에게 보여라."

전우치가 윤공의 명을 받들어 그곳에 이르렀다. 그 여자를 만나 손을 잡고서 대숲 사이로 들어갔다. 정을 펴려고 하는데, 과연 그 여자의 입 속에 구슬이 있었다. 전우치가 한 번 구경하자고 부탁하였지만 그 여자는 보여 주지 않았다. 전우치가 정색을 하며 말하였다.

"당신도 규중의 처자요, 저도 결혼 전입니다. 서로 부모에게 알리고 원앙의 쌍을 맺어 백년해로하려고 합니다. 그대는 어찌하여 저의 뜻을 따르지 아니합니까?"

그 여자와 전우치는 서로 정을 이기지 못하였다. 입을 서로 대고서 혀를 내놓아 구슬을 굴려 우치의 입에 넣었다. 우치가 구슬을 받아 입에 넣고 오랫동안 주지 않았다. 여자가 구슬을 달라고 보채다가 우치의 입을 벌려 구슬을 꺼내려고 하였다. 이때 우치가 구슬을 삼켜 버렸다. 여자가 우치의 입을 벌려 구슬이 없음을 보고는 아무 말을 하지 못하였다. 이에 여자가 크게 소리 내어 울며 갔다. 우치가 바로 서당으로 돌아와 윤공에게 자초지종을 다 아뢰었다. 윤공이 말하였다.

"너는 이미 여우의 정기를 먹었으니 천문과 지리에 통할 것이다. 72 가지의 변화를 부리고 또 올해 4월에는 진사에 합격할 것이다. 오늘 이후로 조심하여라."

세금사에서
요괴를 물리치다

전우치가 열다섯 살이 되었다. 문장은 이백*을 압도하고 필법은 왕희지*를 대적할 수 있었다. 여우의 정기를 먹은 뒤로는 서른여섯 가지 변화에 능통하였다.

이때 국가에서 감시*를 보았다. 우치가 시험장 가운데에 들어가 글을 지어 바쳤다. 뒤에 우치가 장원에 올라 삼일유가*를 맞았다. 우치가 집에 돌아와 어머니를 뵈었다. 최 부인이 한 번은 기뻐하고 한 번은 슬퍼하며 말하였다.

"너의 아버지께서는 살아 계실 때 과거 보기를 즐겨 하지 않으셨다. 이제 너의 영화를 보니 어찌 기쁘지 않겠느냐?"

이렇게 세월이 흘러 다음 해 봄이 되었다. 전우치가 명산名山과 대천大川을 찾아다니다 '세금사'에 이르렀다. 천여 간의 전각에 거미줄이 감겨 있고 사람은 하나도 없었다. 전우치가 속으로 이상하게 여겨 '성님사'로 내려왔다. 노승老僧 네댓 사람이 나와 맞이하였다. 전우치가 세금사의 사정을 물으니 노승이 말하였다.

"세금사와 이 절에는 원래 중이 천여 명 있었습니다. 그런데 4~5년 이내로 두 절에 이상한 변이 있었습니다. 이를 중생들이 능히 알지 못하여 혹 산을 떠나기도 하였는데, 간 곳을 알 수가 없었습니다. 지금은 세금사가 다 비었고 이 절에도 불과 노승 네댓 명이 있을 뿐입니다."

전우치가 속으로 말하였다.

'이는 반드시 요얼®이 장난함이로다.'

집에 돌아온 전우치가 어머니께 세금사의 일을 아뢰었다. 전우치의 어머니가 말하였다.

"이 뒤로는 조심하여라."

그 뒤로 전우치가 농업에 힘써 어머니를 봉양하였다. 하루는 전우치가 세금사에 가서 공부하여 내년에도 과거를 볼 것이라고 아뢰었다. 전우치의 어머니가 말하였다.

"전에 들으니 그 절에 요얼이 많아 사람을 해한다고 한다. 어찌 그곳에 가려고 하느냐?"

전우치가 대답하였다.

이백李白(701~762년) 중국 당나라의 시인. 자는 태백(太白). 호는 청련거사(青蓮居士). 특히 칠언절구에 뛰어났으며, 이별과 자연을 제재로 한 작품을 많이 남겼다. 시성(詩聖) 두보(杜甫)에 대하여 시선(詩仙)으로 칭하여진다.
왕희지王羲之(307~365년) 중국 진(晉)나라의 서예가. 자는 일소(逸少). 우군장군(右軍將軍)을 지냈다. 해서·행서·초서의 3체를 예술적 완성의 영역까지 끌어올려 서성(書聖)이라고 불린다. 작품에 「난정서(蘭亭序)」가 유명하다.
감시監試 생원과 진사를 뽑던 과거. 초시와 복시가 있었다.
삼일유가三日遊街 과거에 급제한 사람이 사흘 동안 시험관과 선배 급제자와 친척을 방문하던 일
요얼妖孽 요악한 귀신의 재앙. 또는 재앙의 징조나 그 사람

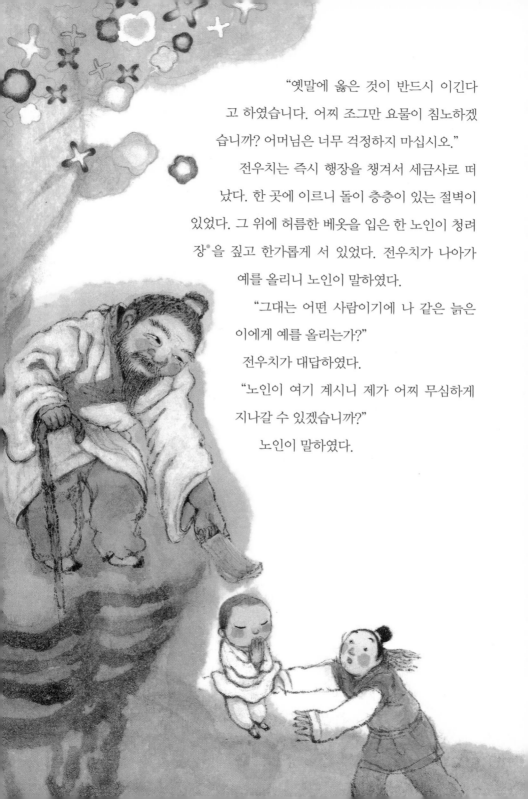

"옛말에 옳은 것이 반드시 이긴다고 하였습니다. 어찌 조그만 요물이 침노하겠습니까? 어머님은 너무 걱정하지 마십시오."

전우치는 즉시 행장을 챙겨서 세금사로 떠났다. 한 곳에 이르니 돌이 층층이 있는 절벽이 있었다. 그 위에 허름한 베옷을 입은 한 노인이 청려장*을 짚고 한가롭게 서 있었다. 전우치가 나아가 예를 올리니 노인이 말하였다.

"그대는 어떤 사람이기에 나 같은 늙은 이에게 예를 올리는가?"

전우치가 대답하였다.

"노인이 여기 계시니 제가 어찌 무심하게 지나갈 수 있겠습니까?"

노인이 말하였다.

"내가 그대에게 줄 것이 있어서 이곳에서 기다린 지 오래되었다."

사미승˚인 부용승 노와 부적 한 장을 주며 노인이 말하였다.

"자연히 쓸 곳이 있으리라."

그러고는 갑자기 노인이 사라졌다.

전우치가 공중을 향하여 사례하고 노와 부적을 가지고 세금사로 들어갔다. 시동˚에게 명하여 방장˚을 쓸고 닦게 한 후 성님사 중에게 저녁을 시켜서 먹었다. 촛불을 밝혀 글을 읽더니 삼경˚쯤 되어 문득 문을 열었다. 한 여자가 들어와 점잖게 앉았다. 전우치가 눈을 들어서 보니 여자의 나이가 열네 살은 되어 보였다. 화려한 용모는 모란이 아침 이슬을 머금은 듯하였다. 날씬하고 아름다운 태도는 수양버들이 봄바람을 못이기는 듯하였다. 가히 장부의 간장을 녹일 정도였다.

전우치가 정신이 황홀하여 말하였다.

"당신이 사는 곳이 어디이기에 이 깊은 밤에 여기까지 왔습니까?"

여자가 대답하였다.

청려장靑藜杖 명아주로 만든 지팡이
사미승沙彌僧 불교 용어로 십계(十戒)를 받고 구족계(具足戒)를 받기
위하여 수행하고 있는 어린 남자 승려를 말한다.
시동侍童 귀인(貴人) 밑에서 심부름을 하는 아이
방장方丈 화상(和尚), 국사(國師) 등의 고승(高僧)이 거처하는 처소
삼경三更 밤 11시에서 새벽 1시 사이

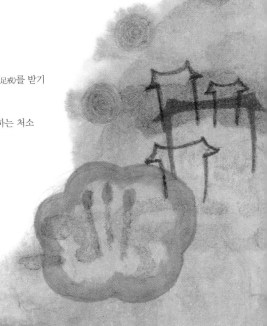

"저는 본래 양반집의 부녀입니다. 장양에 태수°로 부임하는 남편을 따라가다가 도적을 만났습니다. 가족을 다 죽이고 행장°도 빼앗아 갔습니다. 저만 혼자 도망하여 목숨을 보전하였습니다. 낮에는 산속에 숨고 밤에는 길을 걸어서 고향을 찾아가는 중입니다. 멀리서 창밖에 촛불 그림자가 있기에 집이 있을 것이라 여기고 왔습니다. 남자의 글 읽는 소리가 분명하지만 제 몸이 피곤하여 체면을 생각하지 않고 들어왔습니다. 원컨대 상공께서 제 목숨을 구해 주시면 다른 날에 꼭 은혜를 갚겠습니다."

전우치가 말하였다.

"사람의 화복을 사람이 멋대로 할 수 없습니다. 낭자가 이곳에 이른 것 또한 다행입니다. 당신의 집은 어디이고 나이는 몇입니까?"

여자가 대답하였다.

"저의 집은 경성 남문 밖이고 나이는 열일곱입니다."

전우치가 말하였다.

"저와 동갑입니다. 경성이 여기에서 삼백여 리°입니다. 그대가 어떻게 갈 수 있겠습니까? 제가 정말로 걱정입니다."

여자가 탄식하며 말하였다.

"상공은 저를 불쌍히 여기시어 하룻밤만 여기에서 머물러 가는 것을 허락하여 주십시오."

전우치가 말하였다.

"저의 집이 가난하여서 지금까지 아내를 얻지 못하였습니다. 내년 봄

태수太守 고대 중국에서, 군(郡)의 으뜸 벼슬. 지방관
행장行裝 여행할 때 쓰는 물건과 차림
삼백여 리 약 120km, 10리 = 4km

천만다행으로 과거에 급제하면 결혼을 할까 바라고 있었습니다. 오늘 밤 당신을 만나니 이 또한 천생연분이라 생각합니다. 원컨대 우리 둘이 결혼을 하여 백 년을 함께 지냄이 어떻습니까?"

여자가 다 듣고 쑥스러웠는지 한마디도 대답하지 않고 있었다. 부끄러워하는 태도가 촛불 아래에 더욱 아름다웠다. 전우치가 책상을 물리치고 말하였다.

"제가 우연히 한 말로 마음을 불편하게 했나 봅니다. 오늘 머무르지 않고 떠나려 하지 마시고 잘 생각하십시오."

여자가 오래도록 가만히 있다가 말하였다.

"저의 몸과 마음이 곤궁하고 힘들지만 죽은 것과 마찬가지입니다. 차라리 죽을지언정 어찌 욕을 받아들이겠습니까? 그러나 상공의 말씀을 듣고 있으니 감사함이 끝이 없습니다. 뒷날 원수를 갚아 주실 것인데 어찌 명을 받들지 않겠습니까?"

전우치가 이 말을 듣고 마음이 방탕하였다. 이어 잠자리를 같이하며 물었다.

"오늘은 좋은 날이니 마땅히 합환주*로 천지신명께 맹세하는 것이 어떻습니까."

죽병竹瓶의 술을 잔에 가득 부어서 전우치가 먼저 마셨다. 또 부어서 술을 권하니 여자가 감히 거스르지 못하여 마셨다. 전우치가 또 한 잔을 부어서 권하니 여자가 굳이 사양하였다. 전우치가 말하였다.

"술을 이렇게 몇 잔 먹는 게 무슨 문제이겠습니까?"

여자가 마지못해 마셨다. 전우치가 다시 한 잔을 마시고 한 잔을 부어 또 권하였다. 여자가 강하게 사양하였다. 전우치가 정색하며 말하였다.

"여자가 군자를 좇아 순종하는 것이 옳은 것이오. 어찌 이렇게 예가 없으시오?"

여자가 전우치의 기색을 보고 억지로 받아 마셨다. 그 뒤에 여자가 정신을 잃고 자리에 쓰러져 코를 골았다. 전우치가 그제야 여자의 옷을 벗기고 주사˚를 찍은 붓으로 여우의 가슴에 진언˚을 썼다. 흔적이 없어짐에 분명 여우인 줄 알고 부용승을 나오라 하여 손과 발을 끈으로 묶었다. 송곳으로는 정박이를 쑤시며 방망이로 때렸다. 여자가 놀라서 정신을 차리고는 크게 소리를 내며 말하였다.

"상공님, 이게 무슨 일입니까?"

전우치가 크게 꾸짖었다.

"이 몹쓸 여우 년아, 너는 이 절에 재앙을 만들어서 살아 있는 넋들을 죽이려고 하였다. 그러기에 내가 너를 죽여서 인간이 해를 받지 않도록 하려고 너를 여기서 오래도록 기다렸다."

전우치가 송곳으로 여우의 몸을 여기저기 쑤시니 그 요괴가 견디지 못하고서 본래의 모습을 보였다. 금빛 터럭이 돋아 있고 꼬리가 아홉 개 달린 여우의 모습이 되어서 살려 달라고 빌었다. 전우치가 말하였다.

"나에게 여우 구슬 하나를 준다면 너를 살려 주리라."

구미호가 말하였다.

"여우 구슬은 배 속에 있습니다. 여우 구슬보다 더 좋은 『천서』˚ 세

합환주合歡酒 전통 혼례식에서 신랑 신부가 서로 잔을 바꾸어 마시는 술
주사朱沙 진사(辰砂)라고도 함. 수은으로 이루어진 황화 광물. 육방 정계에 속하며 진한 붉은색을 띠고 다이아몬드 광택이 남. 주사는 빨간색을 띠고 있어서 귀신을 좇는 기능을 가지고 있다고 믿었다.
진언眞言 진실하여 거짓이 없는 말이라는 뜻으로, 비밀스러운 어구를 이르는 말
『천서天書』 하늘의 계시를 적은 책

권이 있으니 목숨을 살려 주소서."

전우치가 본래 서생이라 책이란 말을 듣고는 반겨 말하였다.

"그 책이 어디에 있느냐?"

요괴가 말하였다.

"제가 사는 굴에 있습니다. 저를 묶은 줄을 풀어 주면 가져다 드리겠습니다."

전우치가 몹시 화를 내면서 송곳으로 마구 쑤시니 요괴가 말하였다.

"발에 맨 줄을 풀어 주시오. 상공과 함께 가서 책을 드리겠습니다."

전우치가 그 말을 옳게 여겨 발에 묶은 줄을 풀어 주었다. 그러고는 여우를 따라 여우 굴로 갔다. 큰 산에 장대한 바위가 있고 그 아래에 굴이 있었다. 그 안으로 5리(2km)쯤 들어갔다. 여러 빛깔의 옷을 입은 한 시녀가 나와 맞으며 말하였다.

"아가씨, 오늘 산행하러 가시어서 사방을 들러 오셨지요? 맛 좋은 것을 가지고 오실 것이라 기다리고 있었습니다."

전우치가 몹시 화를 내며 나머지 요괴를 하나하나 다 죽였다. 구미호를 송곳으로 쑤시니 구미호가 견디지 못하여 시녀에게 말하였다.

"빨리 가서 성적함 속에 있는 책 세 권을 가져오너라."

요괴가 급히 가져왔다. 전우치가 바라보니 '천서'라 글자를 알아볼 길이 없었다. 구미호에게 글의 뜻을 말해 보라고 하니 구미호가 말하였다.

"손에 묶은 줄을 풀어 주면 가르쳐 주겠다."

전우치가 송곳으로 찌르며 네모난 송곳을 들었다. 그러자 구미호는 전우치가 노끈을 풀지 않았는데도 말하였다.

"내가 있는 절로 가자."

전우치가 구미호를 데리고 세금사로 와서 술을 마셨다. 구미호를 앉히고 『천서』 상권을 배워 하루 안에 다 통달하였다. 짐짓 귀신도 헤아리지 못하는 술법이었다. 그제야 여우의 몸에 맨 끈을 풀어 주고 등에 붙였던 부적도 떼어 주었다. 전우치가 『천서』 상권에 부적을 부치고 말하였다.

"너를 죽여서 후환을 없애고자 하였다. 그런데 도리어 너의 은혜를 입어 살려서 보내는 것이다. 이후에 다시는 변을 만들지 마라."

구미호가 사례하고 갔다.

이윽고 갑자기 큰 바람이 불어 문이 열렸다. 푸른 구름青雲 속에서 시끄러운 소리로 말하였다.

"구십재야, 내가 부용승 찾아가고 부적은 두고 가노라."

전우치가 급히 나가 보니 푸른 구름이 하늘로 올라갔다. 공중을 향하여 사례하고 전우치가 방으로 들어왔다. 홀연 한 선비가 나귀를 타고 들어와서 계단 아래에 내렸다. 이분은 윤공이었다. 전우치가 황망히 맞으며 말씀을 올릴 때에 윤공이 말하였다.

"이 책은 선비가 볼 것이 아니거늘 네가 어이 보고 있느냐?"

전우치가 미처 대답하지 못하였다. 윤공이 간 곳이 없으니 전우치가 몹시 놀라서 살펴보았다. 『천서』 한 권이 없어졌다. 책 한 권이 없어진 것을 의심하고 있을 즈음에 어디선가 계집의 울음소리가 가깝게 들려왔다. 전우치가 나가서 보니 유모가 머리를 풀어헤치고 울며 말하였다.

"어머니께서 어제까지 평안하시다가 하루 사이에 일이 있었습니다. 상공은 빨리 집으로 가십시오."

전우치가 몹시 놀라서 급히 서책을 수습할 때였다. 잠깐 사이에 유모가 사라졌다. 또 『천서』 한 권이 없어졌다. 전우치가 몹시 화가 나서 말하였다.

"흉한 요물이 나를 업신여겨 이같이 속였다. 내 이제 여우의 굴에 가서 책을 찾고 요괴를 없애 버리리라."

전우치가 방추와 송곳을 가지고 여우 굴로 갔다. 산천이 아주 깊이 있고 길이 아득하게 멀리 있어서 길을 찾을 수 없었다. 전우치가 다시 돌아 나와 생각해 보았다. 이 요괴가 변화를 예측할 수 없어 이곳에 오래 머물지 못할 것이라는 생각이 들었다. 이윽고 전우치가 책을 수습하여 돌아왔다. 상권은 부적을 붙여서인지 빼앗아 가지 못하였다.

임금을 속이고
황금 들보를 얻어 내다

전우치가 집에 돌아와 『천서』를 보고 못할 술법이 없었다. 과거 보는 것에는 뜻이 없어서 스스로 생각하였다. 벼슬을 하여서 어머니를 봉양하려고 하면 시간이 더딜 것이라 여겼다. 전우치가 계책을 하나 생각해 내었다. 그 생각이 몸을 흔들어 선관˚으로 변해 오운거˚를 타고 하늘로 올라가는 것이었다. 바로 궐 안으로 들어가서 대명전˚ 가운데에 내렸다. 이곳은 상서로운 기운이 공중에 어려 있었다. 궁중에는 빛이 밝아서 어쩔 줄 몰랐다. 조정 대신들이 서로 이르는데 고금의 드문 괴변이었다.

임금이 몹시 놀라 여러 신하를 모아 놓고 의논하였다.

전우치가 구름과 안개 속에 서 있는데 푸른 옷을 입은 동자가 말하였다.

선관仙官 선계에서 벼슬살이하는 신선
오운거五雲車 신선이 타고 다니는 수레
대명전大明殿 고려 인종 때에 순천관(順天館)을 고친 것으로 궁궐을 의미한다.

"고려국 왕은 옥황상제의 명령을 들으라."

왕의 명령으로 돗자리와 향안°을 잘 차려 놓고 나가 보았다. 한 명의
선관이 관복을 입고 있었다. 동자를 좌우에 세워 놓고 오색구름이 에워
싼 가운데 단정한 모습으로 서 있었다. 왕이 몸을 굽혀 네 번 절한 뒤 땅
에 엎드렸다. 전우치가 말하였다.

"천상天上 요지°에 보각°을 만든 지 오래되어 무너져 내리려고 하기
에 지금 다시 만들고자 합니다. 인간 여러 나라에 천상의 뜻을 전하니
모든 물건을 다 보내왔습니다. 다만 황금 들보 하나가 없습니다. 상제
께서 그대 나라에 황금이 많은 것을 아시고 이제야 알리셨습니다. 칠월
칠일 오시°에 상량식°을 할 것이니 그날에 맞추어 대령하시오. 길이는
십 척 오 촌°이고, 넓이는 삼 척 이 촌°이어야 합니다. 만일 그날에 맞
추어 가져오지 않으면 큰 변을 내릴 것입니다."

향안香案 제사 때에 향로나 향합(香盒)을 올려놓는 상
요지瑤池 선계에 있다는 연못
보각寶閣 훌륭한 전각
오시午時 오전 11시에서 오후 1시 사이
상량식上樑式 집의 대들보를 올리는 의식
십 척 오 촌五寸 약 346cm
삼 척 이 촌二寸 약 105cm

전우치가 말을 마치니 신선의 음악 소리가 은은하며 오색구름이 남쪽으로 향하여 갔다. 왕이 남쪽 하늘을 향하여 네 번 절하고 전에 올라서 모든 신하를 모아 놓고 의논하였다. 좌우에서 아뢰었다.

"전국 팔도에 관리를 보내어 금을 거두어들여 하늘의 명을 받드는 것이 옳은 줄 아옵니다."

임금이 옳다고 여기고 즉시 팔도에 관리를 보내어 금을 모으게 하였다. 장인을 불러 길이와 넓이의 수치에 맞게 정해진 날짜까지 꼭 만들도록 하였다. 임금이 삼일三日 재계°하고 대臺에 올랐다. 이날 진시°에 오색구름이 궐 안에 자욱하고 향이 진동하였다. 선관이 의젓하게 구름 속에 쌓여서 왔다. 양쪽에서 푸른 옷을 입은 동자가 학을 타고 내려왔다. 용구쇠로 걸어 올리니 여러 빛깔의 구름이 에워쌌다. 남쪽으로 큰 무지개가 뻗치고 오색구름이 각각 동쪽과 서쪽으로 흩어졌다. 임금과 여러 신하가 향안 앞에 나아가 네 번 절하였다. 궁전 위에 오르니 진하°를 받았다.

전우치가 임금을 속이고 황금 들보를 얻었다. 동국°에는 금이 다 없어져 들보를 사고파는 것이 어려웠다. 문득 전우치가 한 계교를 생각해 내었다. 들보 머리를 베어 성 안으로 들어가 팔려는 것이었다. 이때 마침 포도 장졸들이 보고는 의심하여 물었다.

"이 금은 어디에서 났으며 값은 얼마인가?"

전우치가 말하였다.

"이 금은 출처가 따로 있고 값은 오백 냥입니다."

포교가 말하였다.

"그대 집을 알려 주면 내가 다음 날에 돈을 가지고 가리라."

전우치가 말하였다.

"내 집은 송악산 남서부이고, 성과 이름은 전우치입니다."

포교가 서로 약속한 뒤에 관가에 이 사연을 아뢰었다. 태수가 말하였다.

"이는 반드시 이유가 있다. 이 일을 자세히 안 연후에 이놈을 사로잡아라."

우선 태수가 은자銀子 오백 냥을 주어 사 오라고 하였다.

포교가 즉시 남서부에 가서 전우치에게 은자를 주었다. 전우치가 금을 주고 은을 받았다. 포교가 금을 가지고 돌아와 태수에게 아뢰었다. 태수가 보고 크게 놀라 말하였다.

"이 금은 들보 머리가 분명하다. 우선 (전우치를) 잡다가 일의 진위를 알아보고 징계토록 하라."

태수가 장교 십여 명과 포교 등을 보내었다.

장교 등이 남서부에 가서 전우치를 잡으려고 할 때였다. 전우치가 음식을 내어 관대하게 말하였다.

"너희가 수고롭게 왔지만 나는 가지 않을 것이다. 너희 태수 힘으로는 나를 잡지 못할 것이다. 임금의 명령이 내려지면 잡혀가리라."

전우치가 조금도 움직이지 아니하니 장교 등이 감히 손을 대지도 못하고 돌아갔다. 태수에게 이 사연을 아뢰니 태수가 크게 화가 났다. 토병˚오백 명을 내어서 전우치의 집을 에워싸 잡아 오라고 하였다. 한편

재계齋戒 종교적 의식 따위를 치르기 위하여 몸과 마음을 깨끗이 하고 부정(不淨)한 일을 멀리함
진시辰時 오전 7시에서 9시
진하進賀 나라에 경사가 있을 때에 벼슬아치들이 조정에 모여 임금에게 축하를 올리던 일
동국東國 중국의 동쪽으로 고려를 일컬음
토병土兵 일정한 지역에 붙박이로 사는 사람으로 조직된 그 지방의 군사

으로는 이 사연을 임금에게 올렸다. 임금이 몹시 화가 났다. 백관을 모아 의논하고는 금부로 데려오라고 하였다. 이때 전우치가 은자를 얻어 음식을 준비하여 어머니에게 드렸다.

갑자기 서울에서 죄인을 붙잡아 오라는 명령이 내려졌음을 전우치가 듣고 가만히 꾀를 생각하였다. 이 시간에 금부도사와 포교 등이 토병을 거느리고 전우치의 동정을 살핀 후 잡으려 하였다.

전우치가 먹물 담은 병을 내놓고 어머니에게 말하였다.

"빨리 이 병을 드세요."

부인이 병을 들자 전우치가 병 속으로 들어갔다. 금부도사와 포교 등이 이상하게 여겨 병 부리를 단단히 막아 들고 달려들었다. 전우치가 병 속에서 말하였다.

"나는 난리를 피하여 병 속에 들어왔다. 누구이기에 병 부리를 막았느냐? 숨이 막혀 죽겠구나. 막은 것을 빼도록 하라."

금부도사가 듣고서 묻지 아니하고 급히 탑전으로 달려갔다. 전우치를 잡던 처음과 끝을 임금에게 아뢰었다. 임금이 말하였다.

"전우치가 비록 요술이 있으나 어찌 병 속에 들어갈 수 있겠느냐?"

전우치가 병 속에서 소리를 질렀다.

"갑갑하니 병마개를 빼 주소서."

임금이 그제야 전우치가 병 속에 든 줄을 알았다. 조정 신하들에게 처치할 것을 물으니 여러 신하가 아뢰었다.

"이놈의 요술을 헤아릴 수 없습니다. 쉽게 생각하시다가는 이놈을 놓칠 수도 있을 것입니다."

임금이 가마솥에 기름을 붓고 끓인 뒤에 먹병을 넣었다. 전우치가 병 속에서 말하였다.

"신의 집이 몹시 가난하여 매일 추위에 떨고 지내었습니다. 오늘은 더운 곳에 들어와 몸을 녹이니 성은이 망극합니다."

아침부터 늦도록 끓여 기름이 다 졸았다. 임금이 병을 깨뜨리라 하였다. 병은 여러 조각이 났는데 아무것도 나오지 않았다. 병 조각마다 달음질을 하면서 어전에 나아가 말하였다.

"소신 전우치 여기 있습니다."

임금이 크게 화가 나서 그 조각을 모아 기름에 끓이라 하였다. 또 전우치의 집을 연못으로 만들라 하며 전우치를 잡으라 하였다. 이때에 대신이 아뢰었다.

"이 요적을 잡을 수 없으니 후환을 덜고자 하시면 사문四門에 방*을 붙이시옵소서. 전우치가 스스로 나타나면 죄를 용서하고 벼슬을 줄 것이라 하시옵소서. 전우치가 스스로 나타나거든 중요한 임무를 맡긴 후 전우치가 그 일을 제대로 못 한다면 죽여도 마땅할 것입니다."

임금이 그 말을 옳다고 여기어 즉시 사문에 방문을 붙이도록 하였다. 그 내용은 다음과 같다.

전우치가 비록 국가에 죄를 지었으나 재주를 아껴 특별히 죄를 사면해 주고 벼슬을 줄 것이다. 빨리 스스로 나타나라.

방榜 어떤 일을 널리 알리기 위하여 사람들이 다니는 길거리나 많이 모이는 곳에 써 붙이는 글

갖가지 요술을 부리다

전우치가 어머니를 모시고 산속에 들어갔다. 은자를 쓰며 구름을 타고
사방으로 왕래하였다. 하루는 한 곳에 이르렀는데 백발의 노인이 슬피
울고 있었다. 전우치가 나아가 그 이유를 물었다. 노인이 말하였다.

"제 나이 칠십인데 자식이 하나 있습니다. 억울한 일로 그 자식이 살
인 죄수가 되어서 서러워서 그렇습니다."

전우치가 그 일을 자세히 물으니 노인이 말하였다.

"우리 동네에 왕가王哥라는 사람이 있습니다. 왕가의 계집은 인물이 고
와 제 아들과 정을 통하여 왕래를 하였습니다. 그 계집이 음란하여 또
조가趙哥와 통간을 하다가 왕가에게 들켰습니다. 조가와 왕가 두 놈이 서
로 싸우며 때렸습니다. 그때 제 아들이 마침 지나가다가 싸움을 말려
조가를 돌려보냈습니다. 그 후 왕가가 바로 죽고 말았는데, 왕가의 사
촌이 그 자리에 있던 제 아들을 관가에 고발하여 살인죄를 얻었습니다.
조가는 양문기의 문객*이라 서로 맺은 인연이 있어서 풀려났습니다. 제

자식만 살인을 하였다고 문서를 만들어 죄수가 된 아들을 생각하니 서러워서 그러는 것입니다."

전우치가 말하였다.

"진실로 그러하다면 내가 마땅히 무사하게 해 주리라."

노인과 이별한 뒤에 전우치가 몸을 흔드니 한바탕 푸른 바람이 되어 전우치가 양문기의 집에 갔다. 이때 양문기가 외당에서 거울을 마주하고 얼굴을 보고 있었다. 전우치가 또 변하여 왕가가 되어 곁에 서 있었다. 양문기가 이상하게 여겨 거울을 거두고 돌아보니 아무것도 없었다. 양문기가 백주 대낮에 귀신이 나를 희롱하니 이상하다고 혼자 생각하였다. 양문기가 다시 거울을 보니 조금 전에 보였던 사람이 서서 말하였다.

"나는 이번에 조가의 손에 죽은 왕생이다. 일의 사정을 잘못 알고 애매한 이가를 가두고 조가를 놓아주었다. 이제 만약 조가에게 원수를 갚아 주지 않으면 내가 가만히 있지 않을 것이다."

문득 그 사람이 사라졌다.

양문기가 몹시 놀라서 급히 형틀을 차리고 조가를 잡아 와 엄문하였다. 조가는 잘못이 없다며 변명을 하였다. 그때 왕가가 들어와 큰 소리로 말하였다.

"이 불측한 조가 놈아, 무슨 일로 나의 아내를 겁탈하고 또 나를 죽였느냐? 이는 나의 깊은 원수이거늘 너는 어찌하여 아무 죄 없는 이가에

문객門客 세력 있는 집에 머물면서 밥을 얻어먹고 지내는 사람. 또는 덕을 볼까 하고 수시로 그 집에 드나드는 사람

게 죄를 덮어씌웠느냐?"

문득 왕가가 사라졌다.

조가가 놀라고 두려워 허둥거렸다. 양문기 또한 놀라서 조가를 엄한 형벌로 추문®하였다. 조가가 형벌을 견디지 못하여 모든 죄를 인정하였다. 양문기는 즉시 이가婦를 풀어 주고 조가를 가두었다.

전우치가 이가를 구한 뒤에 구름을 타고 가다가 굽어보았다. 시장 거리에서 두 사람이 돼지머리를 붙들고 싸우고 있었다. 전우치가 내려와서 그 이유를 물으니 한 사람이 대답하였다.

"돼지머리를 쓸 곳이 있어서 먼저 값을 정하였습니다. 그런데 저 사람이 관리 세력을 믿고 세도를 부려 돼지머리를 빼앗아 가려고 하기에 다투었습니다."

전우치가 관리를 속이려고 진언을 외웠다. 돼지머리가 입을 벌리고 관리를 물려고 하였다. 관리가 놀라서 달아났다.

전우치가 또 한 곳에 이르니 음악 소리가 낭랑하고 노랫소리가 드높았다. 전우치가 자리에 나아가 예하며 말하였다.

"나는 과객인데 여러 사람이 즐기는 것을 구경하고자 합니다."

여러 유생이 답례하고 통성명하였다. 전우치가 눈을 들어 살펴보니 창기娼妓 십여 명이 각각 풍악을 울리고 노래 부르며 놀고 있었다. 그중에 소생과 설생이 가장 교만하고 오만하였다. 전우치가 냉소冷笑하고 여러 유생과 수작하였다. 이윽고 술과 안주가 나오니 전우치가 말하였다.

"제가 형의 사랑을 입어서 맛있는 음식을 맛보니 감사합니다."

설생이 말하였다.

"우리가 비록 가난하지만 이름난 그릇과 맛있는 음식이 많습니다. 형은 처음 본 듯합니다."

전우치가 웃으며 말하였다.

"그렇기는 합니다만 오히려 미비한 것이 많습니다."

설생이 무엇이 미비하냐고 물었다. 전우치가 말하였다.

"우선 시원한 수박도 없고 새콤한 복숭아와 달콤한 포도도 없습니다. 무엇을 가질 수 있겠습니까?"

여러 유생이 크게 웃으며 말하였다.

"형은 계절 감각이 없습니다. 지금 계절은 봄입니다. 여름 과일을 어디서 구하겠습니까?"

전우치가 말하였다.

"한 곳에 온갖 여름 과일이 열려 있음을 보았습니다."

설생이 말하였다.

"그러면 형이 사 오십시오."

전우치가 말하였다.

"만일 내가 사 오면 큰 내기를 합시다."

전우치가 종자를 데리고 한 동산에 가서 보니 나무에 복숭아가 달려 있었다. 종자를 시켜 나무에 올라가 따 오게 하였다. 그 아래에는 포도가 열려 있어 또 따 놓고 들로 갔다. 그곳에 수박이 열려 있어서 스무 개를 따서 돌아왔다. 모든 사람이 여름 과일을 먹으면서도 몹시 놀라고 신기하게 여겼다. 전우치가 크게 취하여 소생과 설생을 속이려고 두 사람을 향하여 진언을 외웠다. 이윽고 두 사람이 말하였다.

추문推問 어떠한 사실을 자세하게 캐며 꾸짖어 물음. 죄상을 추궁하여 신문함

"몸이 아주 무겁고 마음이 매우 심란하니 이상하도다."

전우치가 말하였다.

"형 등이 방자하기에 창기娼妓는 필요하지 않으십니까?"

두 사람이 성내며 말하였다.

"우리가 환자가 아닌데 어찌 창기가 필요하지 않다고 합니까?"

전우치가 웃으며 말하였다.

"두 형은 성내지 말고 손을 바지 속에 넣어서 만져 보십시오."

설생이 이 말을 듣고 손으로 만져 보다가 소생에게 말하였다.

"신랑˚이 간 곳이 없고 판판하니 이 어찌 된 일인가?"

소생이 보자고 하여 설생이 겉으로 꺼내 보이니 과연 아무것도 없었다. 소생이 또한 자기 하물˚을 만져 보니 역시 설생과 같았다. 두 사람이 몹시 놀라며 말하였다.

"조금 전에 전형이 우리를 조롱하더니 과연 이런 변이 생겼습니다. 장차 어찌합니까?"

또 창기 중에서 한 명은 소문˚이 없어졌고, 배에 구멍이 나서 어찌할 줄을 몰랐다. 그중에 은생이 가장 총명하고 유식하였다. 은생이 문득 깨달아 전우치에게 빌며 말하였다.

"우리가 눈이 어두워서 형에게 죄를 지었으니 바라건대 형은 용서하소서."

전우치가 말하였다.

신랑新郎 남자의 성기를 이르는 말
하물下物 신랑과 같은 뜻
소문小門 여자의 음부를 완곡하게 이르는 말

"걱정하지 마십시오. 곧 자연히 돌아올 것입니다."

여러 유생과 창기가 기뻐하며 만져 보니 전과 같았다. 모두 감사하여 말하였다.

"신선神仙이 강림하심을 모르고서 하마터면 병인病人이 될 뻔하였습니다."

요술을 부려
어려운 자들을 돕다

전우치가 구름을 타고 동쪽으로 가다가 보니 한 곳에서 서너 사람이 의논하며 말하였다.

"고직*은 착하고 효행이 있는 사람이다. 만일 작은 실수로 인해서 죽으면 아깝고도 참혹하다."

한탄하여 전우치가 내려와 이유를 물었다. 그 사람이 크게 말하였다.

"호조에서 고직을 맡은 사람은 장계창입니다. 어질고 효행이 뛰어나며 다른 사람 구제하기를 좋아하였습니다. 그런데 문서를 잘못 관리하여 자기가 쓰지도 않은 은자 이천 냥을 갚지 못해서 죄를 얻었습니다. 그를 사형에 처한다고 하기에 슬퍼하는 것입니다."

전우치가 불쌍히 여겨서 다시 구름을 타고 사형을 하는 곳에 가서 기다렸다. 과연 한 소년이 수레에 타고 오고 그 뒤에 젊은 계집이 울며 따

고직庫直 관아의 창고를 보살피고 지키던 사람

라왔다. 전우치가 여러 사람에게 물어보니 과연 장계창이었다. 전우치가 동정을 살피더니 옥졸獄卒이 죄인을 데려와 놓고 때를 기다리고 있었다. 전우치가 바람이 되어 장계창의 부부를 데리고 하늘로 올라갔다. 감형관®이 몹시 놀라서 바로 임금에게 아뢰었다. 임금이 놀라니 조정이 궁금해하였다. 전우치가 집에 돌아와 장계창의 부부를 내려놓고 약을 풀어서 먹였다. 이윽고 장계창이 깨어났는데 아무것도 모르고 있었다. 전우치가 앞뒤의 일을 이르고 어머니에게 이 사연을 아뢰었다.

　전우치가 또 구름을 타고 가다 한 사람이 통곡하고 있는 것을 보았다. 전우치가 이유를 물으니 그 사람이 크게 말하였다.

　"저는 안재경인데 부상을 당하여 장사를 할 수 없습니다. 칠십 된 노모老母를 봉양할 길이 없어서 서러워서 그러는 것입니다."

　전우치가 불쌍히 여겨 소매에서 족자 하나를 내어 주며 말하였다.

　"이 족자를 집에 걸고 '고직아, 고직아' 하고 부르십시오. 대답하는 사람이 있으면 은자 백 냥을 달라고 하시오, 줄 것입니다. 그 은자로 장사를 하고, 또 매일 한 냥씩을 달라고 하여 노모를 봉양하십시오. 만일 더 달라고 하면 큰일이 날 것이니 부디 조심하십시오."

　그 사람은 반신반의半信半疑하며 전우치에게 사는 곳과 이름을 물었다. 집에 돌아와 족자를 펴 보니 아무것도 없고 큰 집 하나와 그 앞에 동자가 있었다. 안재경이 시험 삼아 '고직아' 하고 부르니 과연 그림 속에서 대답하고 나왔다. 안재경이 놀라며 은자 백 냥을 달라 하니 동자가 은자 백 냥을 앞에 놓았다. 안재경은 그 은자 백 냥으로 장사를 하였다. 또 매일 안재경은 고직을 불러서 은자 한 냥을 달라고 하여 매일 썼다. 하루는 돈 쓸 곳이 더 필요하여서 생각하였다. 은자 백 냥을 더 빌린다고 무슨 관계가 있겠는가, 하고는 고직을 불러 말하였다.

"쓸 곳이 있어 은자 백 냥을 먼저 빌려 쓰고자 합니다."

고직이 허락하지 아니하여 재경이 두 번 세 번 달래 보았다. 고직이 대답하지 않고 들어가기 위해 문을 열었다. 재경이 문을 닫기 전에 그림 속으로 따라 들어가 은자 백 냥을 가지고 나오려 하였다. 그때 문이 닫히자 안재경이 깜짝 놀라 고직을 불렀으나 대답이 없었다. 재경이 몹시 화를 내며 발로 문을 박찼다. 자리에 앉아 있는 호판에게 고직이 아뢰었다. 창고 가운데에서 사람 소리가 나기에 이상하다고 여겼기 때문이다. 호판이 듣고 의심쩍어 노비들을 모으고 문을 열었다. 한 놈이 은자를 가지고 서 있었다. 노비들이 몹시 놀라서 물었다.

"너는 어떤 도둑이기에 이곳에 들어왔느냐?"

재경이 성을 내며 말하였다.

"너희는 어떤 사람들이기에 남의 창고에 들어와 이렇게 하느냐?"

노비들이 재경을 결박하고 호판에게 아뢰었다. 호판이 재경을 섬돌 아래에 무릎을 꿇게 하고 꾸짖었다. 재경이 이제야 자세히 살펴보니 자기 집이 아니고 바로 관가官家였다. 몹시 놀라서 재경이 말하였다.

"내가 어찌 이곳에 와 있는가? 이것이 꿈인가 생시인가?"

재경이 아무것도 모른 듯이 행동하였다. 호판이 말하였다.

"네가 창고에 들어와 은을 가져가려는 죄는 죽어 마땅하다. 타당한 이유를 아뢰어라."

재경이 앞뒤의 곡절을 다 아뢰었다.

감형관監刑官 관아의 창고를 보살피고 지키던 사람형(刑)의 집행을 감시하고 감독하는 관리

호판이 그 족자의 출처를 물으니 재경이 전우치의 사연 또한 아뢰었다. 호판이 말하였다.

"전우치를 언제 보았느냐?"

재경이 말하였다.

"본 지 네다섯 달 되었습니다. 그가 사는 집은 남서부라 하였습니다."

호판이 이에 한재경을 가두고 창고를 뒤졌다. 은자는 온데간데없고 청개구리만 가득하였다. 또 다른 창고를 열어 보니 돈은 없고 누런 뱀만 가득하였다.

호판이 이상하게 여겨 이 일의 사정을 임금에게 아뢰었다. 임금이 몹시 놀라 여러 신하를 모아서 의논하였다. 이때 각 창관®들이 창고의 쌀이 변하여 벌레가 되었다고 아뢰었다. 또 각 영문營門에서는 창고 가운데 있던 군기軍旗가 다 없어졌고 나뭇가지만 쌓였다고 아뢰었다. 다음으로 내관內官은 해물이 변하여 생선이 되었다고 아뢰었다. 그 다음으로 궁녀들은 자신을 족두리가 변하여 금색 까마귀가 되어 날아갔다고 아뢰었다. 내전에서는 큰 호랑이가 들어와서 궁인에게 해害를 입혔다고 하였다.

임금이 몹시 놀라서 궁노수®를 내어서 내전에 들어갔다. 궁녀마다 큰 호랑이를 타고 있어 활과 쇠뇌를 쏘지 못하게 되자 이 사연을 임금에게 아뢰었다. 임금이 진노하여 궁녀와 함께 쏘라 하였다. 궁노수가 들어가 일시에 쏘려고 하였다. 그때 일제히 검은 구름이 일어나며 호랑이를 탄 궁녀가 다 구름에 쌓여 하늘로 올라갔다.

임금이 말하였다.

"이는 다 전우치의 요술이다. 이놈을 잡아야 국가가 태평할 것이다."

48

호판이 임금에게 아뢰었다.

"제 창고에 가둔 도적 또한 전우치의 동료이니 급히 죽여야 합니다."

임금이 호판의 말을 허락하니 호판이 한재경을 죽이려고 하였다. 그때 문득 광풍狂風이 크게 일어나더니 한재경이 사라졌다. 이는 전우치가 구한 것이었다.

창관倉官 조선 시대 광흥창·군자감에 둔 낭관(郎官)을 통틀어 이르던 말
궁노수弓弩手 활과 쇠뇌를 쏘던 군사

벼슬을 지내며
관리들을 희롱하다

전우치가 두루 다니다가 문에 방을 붙이는 것을 보았다. 쌀쌀한 태도로 비웃으며 궐 아래에 나아가 말하였다.

"소신 전우치 스스로 나타났습니다."

정원*이 이를 임금에게 아뢰었다. 임금이 혼잣말로 '이놈 변하는 기술이 비상하여 곳곳에서 장난을 한다. 차라리 벼슬을 주어서 달래라. 만일 다시 장난하거든 죽이리라'고 하면서 전우치를 궐로 들어오라고 하였다.

전우치가 들어와 땅에 엎드리니 임금이 말하였다.

"네 죄를 네가 아느냐?"

전우치가 몸을 구부리며 사죄하여 말하였다.

"신의 죄가 많으니 무슨 말로 아뢰겠습니까?"

임금이 말하였다.

"너의 재주를 어여삐 여겨 죄를 사면해 주고 벼슬을 줄 것이다. 너는 앞으로 충성을 다하여라."

임금이 선전관˚ 사복˚ 내승˚의 벼슬을 내렸다. 전우치가 벼슬을 주심에 감사하며 물러 나와 일할 곳을 정하였다. 궐 안에서 업무를 볼 때에 선전관들이 전우치를 심하게 보채여 차례로 퇴치기˚를 하자고 하였다. 전우치가 가만히 망주석을 뽑아다가 퇴를 맞추었다. 선전관이 잡고 있던 퇴를 맞추다 보니 손이 아파서 능히 퇴를 치지 못하였다. 이후로는 퇴치기를 그쳤다.

이렇게 몇 달이 지났다. 선전관들이 하인에게 명을 내려 허참례˚를 재촉하였다. 전우치가 하인에게 말하였다.

"내일 해 뜰 때 백사정으로 모두 나오시게 하라."

다음 날 모든 선전관이 말을 타고 나오며 살펴보았다. 파란 차양은 공중에 솟아 있고 여러 빛깔의 포진은 좌우에 벌려 있었다. 맑은 음악 소리와 함께 맛 좋은 음식이 아주 많았다. 여러 사람이 차례로 자리를 정한 뒤에 상을 들이고 잔을 들었다. 반쯤 취하여 전우치가 말하였다.

"오늘 청중이 모두 즐길 때에 변수가 없는 놀음이 가장 재미가 없습니다. 바라건대 예전에 친하였던 계집을 데려오는 것이 어떻습니까?"

여러 사람이 술에 취한 상태에서 가장 기뻐하며 말하였다.

정원正員 정당한 자격을 가진 구성원. 궐에 있는 사람을 뜻한다.
선전관宣傳官 선전관청에 속한 무관 벼슬. 선전관청은 조선 시대에 병조에 속하여 형명(形名), 계라, 시위(侍衛), 전령(傳令), 부신(符信)의 출납 따위를 맡아보던 관아
사복司僕 사복시(司僕寺). 조선 시대 궁중의 가마나 말에 관한 일을 맡아보던 관아. 내사복(內司僕)과 외사복(外司僕)이 있었다.
내승內乘 조선 시대 내사복시에 속하여 말과 수레를 맡아보던 벼슬아치
퇴치기 미상. 사복 내승들이 말을 관장하던 벼슬이었기에 말과 관련된 일인 듯하다.
허참례許參禮 새로 부임하는 벼슬아치가 전에부터 있던 벼슬아치에게 음식을 차려 대접하던 일. 관직에 참여하는 것을 허락하여 달라는 뜻

"전우치가 이와 같이 호탕한 기운이 있는 줄 몰랐노라. 그대는 재주 대로 하라."

전우치가 즉시 하인을 데리고 나는 듯이 남문으로 들어갔다. 여러 사람이 말하였다.

"전우치가 일을 행함이 이렇게 기특하다. 족히 큰 도적이라도 감당할 것이다."

여러 사람이 칭찬하였다. 오래지 않아서 전우치가 아주 많은 계집을 데리고 와서 장 밖에 두었다. 다시 큰 상을 펼쳐 놓고 즐길 때에 전우치가 나와 말하였다.

"여러분의 부탁으로 계집을 데리고 왔습니다. 각각 한 명씩 앞에 두고 흥을 돋움이 어떻습니까?"

여러 사람이 좋다고 하였다.

전우치가 먼저 한 계집을 불러서 행수 앞에 앉히며 말하였다.

"너는 떠나지 말고 착실히 수청을 들어라."

전우치가 차례로 한 명씩 앉혔다. 이는 다 선전관의 아내들이다.

모든 선전관이 서로 알까 두려워하며 아무 말도 하지 못하였다. 마음속으로 몹시 화가 나서 선전관들이 갑자기 상을 물리고 각각 말을 내어 타고 급히 돌아갔다. 하인들은 이 뜻을 모르고 다 이상하게 여기었다.

선전관들이 각자 집에 돌아왔다. 어떤 사람은 급보急報를 전하러 왔고, 어떤 이는 청심환을 구하러 약국으로 갔다. 또 어떤 이는 의원을 불러서 치료를 받았고, 어떤 이는 큰 소리로 통곡하였다. 집집이 황당하고도 분주하여서 김 선전관이 그 이유를 물었다. 모두 부인의 초상初喪 때문이었다.

김 선전관이 집에 돌아오니 여종이 아뢰었다.

"부인께서 조금 전에 의복을 만지시다가 갑자기 별세하셨습니다."

김 선전관이 몹시 화를 내며 말하였다.

"이것이 백사정 허참례 노름의 창기娼妓가 되었던가? 전우치와 같이 와서 모든 사람에게 욕을 보였다. 어찌 양반집 부녀자의 소행이 이와 같은가? 나는 벼슬도 못 하고 집안을 망하게 하였다. 슬픔을 어찌 헤아릴 수 있겠는가?"

문득 여자 종이 급히 아뢰었다.

"부인이 깨어나셨습니다."

김 선전관이 화내기를 그치고 급히 내당으로 들어갔다. 부인이 앉으며 말하였다.

"첩이 조금 전에 잠깐 졸았습니다. 붉은 옷을 입은 사람이 묻지도 않고 저를 잡아채었습니다. 또 누런 옷을 입은 하인이 달라붙어 장옷°을 씌웠습니다. 그러고는 말을 태워 어느 곳으로 갔습니다. 그곳에는 저와 같은 부인들이 헤아릴 수 없을 정도로 많았습니다. 부인들은 아무것도 할 줄 몰라 가만히 있었습니다. 전 선전관이라는 놈이 나를 어느 상공 앞에 앉히며 착실히 수청을 들라 하였습니다. 부인들을 차례로 한 명씩 앉힌 뒤 선전관들이 줄지어 앉아서 상을 받았습니다. 그러다 별안간 상공이 화를 내며 말에 올라 돌아갔습니다. 다른 사람들도 안을 돌아보지 않은 채 화를 내며 다 흩어졌습니다. 저도 조금 전에 계집들과 함께 방황하다가 깨달으니 꿈이었습니다. 집안사람들이 제가 죽은 줄 알고 소

장옷 조선 시대 여자들이 외출할 때 몸을 가리기 위해 입던 일종의 겉옷

리 내어 통곡하고 있었으니 이런 변고가 어디 있겠습니까?"

김 선전관이 이 말을 듣고 어이가 없었다. 모든 선전관이 분통함을 이기지 못하고 말하였다.

"대역부도*한 전우치 놈이 조정에 들어와서 우리에게 욕을 보였다. 어느 날 이놈을 죽여서 오늘의 한을 씻으리라."

전우치는 모든 선전관을 속이고 돌아와서 생각하였다.

'내가 나라에 죽을죄를 사면 받고 오히려 벼슬을 받았다. 하늘 같은 은혜가 끝이 없다.'

마땅히 잘못을 뉘우치고 좋은 일을 하며 임금에게 충성을 극진히 하겠다고 마음먹었다. 맡은 일을 잘하고 사복시에 있는 말을 잘 키워 말이 살찌고 병이 없게 하였다. 이에 조정에서 전우치를 기특하게 여겼다.

대역부도大逆不道 나라에 큰 죄를 지어 도리에 크게 어긋남

도적 염준과
맞대결하다

가달산에 염준이라는 사람이 있었다. 용맹함이 뛰어나고 무예가 출중하였다. 강도 수천 명을 모아 산채를 이루고 마을을 노략질하였다. 각고을을 쳐서 군대 돈 천 냥을 빼앗고 사람을 죽여 각 마을이 시끄러웠다. 감사가 이 사정을 임금에게 알리었다. 임금이 몹시 근심하시어 모든 신하를 모아 놓고 의논하였다.

"도적이 이렇듯 강성하니 누가 능히 도적을 소멸할 수 있겠는가?"

감히 대답할 사람이 없었다. 그때 한 사람이 앞으로 나오며 아뢰었다.

"신이 하늘 같은 은혜를 입어 한이 없습니다. 비록 제가 재주가 없으나 염준의 머리를 베어 전하의 근심을 덜어 드리겠습니다."

임금이 보니 이는 전우치였다. 임금이 크게 기뻐하여 모든 신하에게 물었다.

"경들의 생각은 어떻습니까?"

모든 신하가 다 마땅하다고 아뢰니 임금이 말하였다.

"군마를 얼마나 내어 주면 되겠느냐?"

전우치가 대답하였다.

"적의 세력이 크다고 합니다. 신臣이 혼자 가서 적의 세력을 탐지하겠습니다. 그런 후에 병사들과 함께 가는 것이 좋을 듯합니다."

임금이 허락하고 인검˚을 주어 소신껏 호령하라 하였다. 전우치가 절하고 조정에서 나왔다.

다음 날 전우치가 구름을 타고 남서부에 가서 어머니를 뵈었다. 전우치가 어머니에게 임금의 명령을 받들고 적의 세력을 알아보러 가는 그간의 사정을 아뢰었다. 어머니가 경계하여 말하였다.

"적 세력의 허虛와 실實을 모른다. 그런 상태에서 꼼꼼하게 따지지 않고 들어가면 위험할 것이다. 아주 조심하여서 임금의 바람을 저버리지 마라."

전우치가 어머니의 명을 받고 서울로 돌아왔다.

날이 밝으니 전우치가 포교 등 십여 명을 데리고 출발하여 감영에 이르렀다. 포교 등을 그곳에 머물게 하였다. 전우치가 홀로 인검을 가지고 몸을 흔들어 변하였다. 수리가 되어 가달산으로 들어갔다. 염준이 일산˚을 쓰고 백총마를 타고 산행을 하고 있었다. 붉은 치마를 입은 미녀를 좌우에 세우고 종 백여 명을 거느리고 있었다.

갑자기 염준이 명을 내렸다.

"오늘은 각 도에 갔던 장사들이 돌아올 것이다. 내일 잔치할 기구를

인검印劍 임금이 병마를 통솔하는 장수에게 주던 검
일산日傘 해 가리개. 양산

차려 놓고 큰 소 열 마리를 잡으라.”

전우치가 염준을 살펴보았다. 기골이 장대하고 얼굴빛이 붉고 눈이 방울처럼 컸다. 수염은 바늘을 묶어세운 듯하니 한 세상의 호걸이었다.

전우치가 문득 계교를 하나 생각하였다. 나뭇잎을 모아 신병을 만들어 창과 검을 들게 하였다. 깃발을 세워 진영도 굳게 쳤다. 전우치는 머리에 쌍봉 투구를 쓰고 몸에 붉은 비단의 전포를 입었다. 또 인검을 들고 오추마°를 탔다. 말을 타고 산채 어귀를 깨고 들어가니 성문이 닫혀 있었다. 전우치가 진언을 외우니 성문이 저절로 열렸다. 전우치가 말을 몰아 산채로 들어가 좌우를 살펴보았다. 빛나는 집이 쭉 있고 물색이 모두 번쩍거렸다.

전우치가 사방을 둘러보고 수리가 되어서 후원으로 들어갔다. 염준이 황금 의자에 앉아 있었다. 여러 장수를 앉혀 놓고 그 뒤에 미녀 수백 명을 줄지어 앉게 했다. 염준이 잔을 받았다. 전우치가 그 동정을 보고자 진언을 외웠다. 무수한 수리가 하늘을 덮어 내려왔다. 여러 사람 앞에 놓여 있던 상을 거두어 가지고 하늘로 올라갔다. 수리들이 세찬 바람을 크게 일어나게 하였다. 모래가 날리고 돌이 날아다니게 하였다. 앉아 있던 사람들이 몹시 놀라서 눈을 뜨지 못하고 바람에 따라 쓰러졌다. 차양과 모든 물건이 다 날아 공중에 올랐다.

염준이 넋이 나가 언덕 위에 있는 나무를 붙들고 정신을 차리지 못하였다. 모든 군사는 떡과 고기를 들고 바람에 따라 뒹굴고 혹은 똥물을 토하였다. 사시부터 오시까지° 정신이 없다가 염준과 여러 장수와 군사들이 겨우 정신을 차렸다. 갑자기 흰 눈이 쏟아붓듯이 내렸다. 눈이 순식간에 십여 길이나 쌓여 눈을 뜨지 못하였다. 아무것도 할 줄을 몰라 하였다. 문득 바람이 그치니 눈 또한 한 점도 없었다.

염준이 대청에 나와 솔발*을 흔들어 장졸을 모았다. 이상한 재앙에 대해 서로 논란하였다. 문득 문졸이 아뢰었다. 한 대장이 군사를 몰아 동문을 깨치고 들어온다고 하였다. 염준이 몹시 놀라서 군사를 재촉하였다. 기세氣勢를 정돈하고 앞으로 창을 겨누어 들고 말을 타고 나갔다.

전우치가 크게 호령하였다.

"너는 어떤 놈이기에 억세고 모짊을 믿느냐? 어찌하여 산중에 모여 살면서 백성의 마을을 노략질하고 살해하였느냐? 너 같은 쥐의 무리를 다 잡아서 국법으로 다스릴 것이다. 너의 생명이 아깝거든 곧 항복하여 천명을 따르라."

염준이 몹시 화를 내며 말하였다.

"나는 하늘의 뜻에 순응하고 백성의 뜻을 따랐다. 장차 무도한 임금을 업신여기고 도탄에 빠진 백성을 건지고자 하였다. 네가 어찌 감히 나에게 항거하느냐?"

말을 마침에 내달아 둘이 서로 칼로 싸웠다. 염준의 창날은 햇빛을 가리고, 전우치의 칼빛은 하늘의 무지개가 되었다. 두 용이 여의주를 다투는 형상이었다. 두 장수의 정신이 점점 씩씩해져서 승부를 결정짓지도 못하였는데 이미 날이 저물었다. 양쪽 진영에서 징을 쳐서 군사를 거두었다.

오추마烏騅馬 검은 털에 흰 털이 섞인 말. 옛날 중국의 항우가 탔다는 준마를 말한다.
사시巳時부터 오시午時까지 오전 9시에서 오후 1시까지
솔발鐲鈸 놋쇠로 만든 종 모양의 큰 방울. 위에 짧은 쇠자루가 있고 안에 작은 쇠뭉치가 달린 것으로, 군령이나 경고 신호에 쓴다.

염준이 진에 돌아오자 여러 장수가 치하하며 말하였다.

"전날 이상한 일을 만나 마음이 놀랐을 것입니다. 그런데도 오늘 호랑이 같은 장수를 능히 대적하시니 하늘이 도우신 것입니다. 적장의 용맹함과 실력이 대단합니다. 장군은 얕보지 마십시오."

염준이 웃으며 말하였다.

"적장이 비록 용맹하나 내가 어찌 저자를 두려워하겠는가? 내일은 결단코 전우치를 잡아 바로 도성으로 향하리라."

어제의 진영 문을 열고 염준이 나아가며 큰 소리로 부르며 말하였다.

"전우치는 빨리 나와 내 칼을 받아라. 오늘은 반드시 승부를 결정하리라."

염준이 좌충우돌하였다.

전우치가 몹시 성을 내며 염준과 여러 차례 칼싸움을 하였다. 염준의 창법에는 틀리거나 어눌함이 없었다. 전우치가 무예로는 염준을 당하지 못하리라 생각하였다. 몸을 흔들어 원래 몸은 공중에 오르고 거짓 몸은 염준과 대적하게 하였다. 전우치가 크게 말하였다.

"내가 평생을 살며 살생을 하지 않았다. 네가 지금 천명을 거역하여 내가 마지못해 너를 죽일 것이다. 나를 원망하지 마라."

전우치가 칼을 들어 염준을 치려다가 다시 생각하였다.

'내가 살생을 어찌 갑자기 하겠는가? 마땅히 이놈을 사로잡을 것이다.' 전우치가 공중에 올라 칼을 번득이며 급히 말하였다.

"내 재주를 봐라."

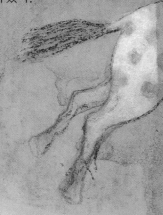

염준이 몹시 놀라 하늘을 우러러보았다. 한 구름 속에서 번개가 일어났다. 이는 번개가 아니고 전우치의 칼에서 나는 빛이었다. 염준이 몹시 놀라고 얼굴빛이 하얗게 질려 적진으로 돌아가려 하였다. 전우치가 그 앞에 칼을 들고 길을 막았다. 뒤에 또 전우치가 따르고, 좌우에 또한 전우치가 에워쌌다. 머리 위에도 전우치가 구름을 타고 칼춤을 추며 염준의 머리를 쳤다. 염준이 정신이 어찔하여 말 아래로 떨어졌다.

전우치가 구름에서 내려와 거짓 전우치로 군사를 호령하였다. 염준을 결박하여 본진으로 보내고, 전우치가 말을 달려 적진을 공격하였다. 적진의 장졸들이 염준이 사로잡히는 것을 보고 손을 묶어 항복하였다. 전우치가 적진의 장졸을 섬돌 아래에 꿇리고 깨달아 들도록 타일러 말하였다.

"너희가 도적을 도와서 천명에 항거하였다. 그 죄가 크지만 특별히 사면해 줄 것이니 고향에 돌아가서 농업에 힘써 양민이 되어라."

적장 등이 머리를 조아리며 두 번 절하고 각각 헤어졌다. 옛날 장자방*이 계명산 가을 달밤에 「니향가」* 한 곡조를 슬프게 불렀다. 강동의 자제들에게 고향 생각이 나게 하여 전쟁터에서 흩어지게 한 것과 같았다.

전우치가 염준의 내실에 들어가 미녀 수백 명을 다 놓아주었다. 각각 자기 집에 돌려보낸 후 전우치가 진영으로 돌아와 장대에 앉아 좌우에 명령하였다. 염준을 장대 아래에 꿇리고 큰소리로 꾸짖었다.

"너의 재주와 용맹이 이와 같다. 마땅히 충성을 다하고 임금을 섬겨서 임금의 사랑을 대대로 받음이 옳다. 그런데 감히 역심을 품어 나라를 시끄럽게 하였으니 그 죄를 어찌 용서하리오?"

전우치가 무사에게 명하여 염준을 원문 밖에서 목을 베라 하였다. 염준이 슬프게 빌며 말하였다.

"소장의 죄상은 삼족을 다 죽임이 마땅합니다. 하지만 장군이 호생지덕°을 베푸시면 마땅히 허물을 고쳐서 장군을 따를 것입니다."

전우치가 말하였다.

"네가 진실로 개과천선한다면 어찌 아름답지 않겠는가?"

전우치가 무사에게 명령하여 몸에 맨 줄을 풀어 주며 좋은 말로 염준을 위로하여 제 고향으로 돌려보냈다. 전우치가 싸움에서 승리한 글을 조정에 올렸다. 곧바로 발행하여 대궐로 나아가 임금에게 절하였다. 임금이 전우치를 보고 적을 무찌른 일에 대해 물었다. 전우치가 자초지종을 자세히 아뢰었다. 임금이 무수히 칭찬하였다.

차설°.

전우치가 서울로 돌아왔다. 그 뒤에 조정에서 전우치에게 성공함을 치하하였다. 선전관들은 한 사람도 와서 보는 사람이 없었다. 백사정에서 허참례를 할 때에 욕을 보였던 혐의 때문이었다. 이에 전우치가 다시 선전관을 속이고자 하였다. 하루는 사경°인데 달빛이 고요하고 푸른 하늘에는 구름 한 점이 없었다. 전우치가 오색구름을 타고 황건역사°와 이매망냥°등을 다 모아 놓고 신장을 불러서 명령을 내렸다.

장자방張子房 자방은 장량(張良)의 자(字). 장량은 중국 한나라의 건국 공신으로 한나라 고조를 도와 천하를 통일하였다.
「니향가」 정확히 알 수는 없으나 사면초가와 같은 노래인 듯하다.
호생지덕好生之德 사형에 처할 죄인을 특사하여 살려 주는 제왕의 덕
차설 고소설에서 시작할 때 상투적으로 쓰는 말. '재설', '각설', '화설' 등과 같은 의미로 쓰인다.
사경四更 새벽 1시에서 3시 사이
황건역사黃巾力士 신장의 하나로 힘이 세다고 함
이매망냥魑魅魍魎 온갖 도깨비

"빨리 가서 모든 선전관을 잡아 오라."

신장이 전우치의 명령을 듣고 가더니 이윽고 다 잡아 왔다.

전우치가 구름 의자에 앉고 좌우에 신장 등을 벌려 세웠다. 등불은 밝히고 전우치가 소리 질러 말하였다.

"황건역사는 어디 있느냐? 모든 죄인을 잡아들여라."

역사 등이 일시에 명령을 듣고 각각 한 명씩 잡아들였다. 선전관들이 겁을 먹어서 땅에 엎드려 올려다보았다. 마왕과 신장이 좌우에 쭉 서 있었다. 위세가 아주 엄숙한 곳에서 전우치가 크게 소리 높여 꾸짖었다.

"내가 전날에 희롱하고자 그대들의 아내를 잠깐 욕보였다. 그렇다고 어찌 그렇게 나를 미워하여 소홀히 대함이 심한가? 내가 일찍 너희를 잡아다가 지옥으로 보내고자 하였다. 그런데 내가 밤에는 천상天上의 벼슬 일을 하고, 낮에는 국가의 맡은 임무에 골몰하였기에 지금까지 미뤄 놓았다. 이제는 너희를 지옥에 보내서 고행을 겪게 하겠다. 사람을 업신여긴 죄를 대신하게 할 것이다."

전우치가 말을 마치고 황건역사를 불러 말하였다.

"너는 이 죄인을 데리고 지옥에 가서 염라대왕께 보내라. 이 죄인을 지옥에 가두어 팔만 겁*이 지나거든 짐승을 만들어 보내라고 전해라."

모든 선전관이 이 말을 듣고 정신이 더욱 떨렸다. 혼백이 몸에 있지 않은 듯하였다. 선전관들이 슬피 울며 빌었다.

"우리가 아는 것이 없어서 죄를 범하였습니다. 바라건대 동료의 정을 생각하여 우리의 죄를 용서해 주십시오."

전우치가 가만히 있다 말하였다.

"내가 너희를 지옥에 보내서 고생을 겪게 하려 하였다. 하지만 전일

64

의 안면을 생각하여 잠시 보류할 것이다. 오늘 이후에 일을 보면서 처리하도록 하리라."

전우치가 모두 내치라 하니 모든 선전관이 문득 깨달았는데 꿈이었다. 온몸에 땀이 흘러 이불이 젖고 정신이 아득하였다. 그 뒤에 선전관들이 모여서 그날의 꿈을 말하니 모두 똑같았다. 이 일이 있은 뒤로 선전관들이 전우치를 더욱 각별하고 극진히 대접하였다.

겁劫 1겁은 비단으로 바위를 쓸어 모래가 될 때까지의 시간

그림 속으로
걸어 들어가다

하루는 임금이 호조 판서에게 물었다.

"전에 호조의 은과 돈이 다 변하였다고 하더니 지금은 어떠한가?"

호조 판서가 대답하였다.

"전일과 같이 그대로 있습니다."

임금이 아주 근심하거늘 전우치가 앞으로 나와 아뢰었다.

"원하옵건대 신이 가서 창고에서 일어난 변고를 자세히 살피어 탑전°
에 아뢰겠습니다."

임금이 허락하자 전우치가 즉시 호조 판서와 함께 호조에 나아갔다.
창고 문을 열고 보니 은이 예전과 같이 그대로 있었다. 호조 판서가 몹
시 놀라 말하였다.

"내가 어제 살펴볼 때는 모두 청개구리만 있었다. 밤사이에 다시 은
으로 바뀌었으니 참으로 이상하다."

호조 판서가 바깥 창고를 열어 보니 모두 전과 같았다. 각 영문에 군

기 또한 전과 같으니 모두 놀라고 신기하게 여겼다. 전우치가 살펴본 뒤에 탑전에 그대로 아뢰었다. 임금이 기뻐하면서도 전우치의 요술로 변고가 일어났음을 짐작하였다.

이때에 간의대부*가 임금에게 여쭈었다.

"호서 지방에 네다섯 사람이 모여 살면서 역모를 의논한다고 합니다. 고자*가 문서를 가지고 신에게 왔습니다. 고자를 가두고 아룁니다."

임금이 말하였다.

"과인이 덕이 없어 도적이 벌 떼처럼 일어나니 어찌 한심하지 않겠는가?"

금부와 포청에 일러 역적을 잡으라고 명령하니 바로 잡아 왔다. 임금이 직접 국문*을 하였다. 역적 중 한 사람이 아뢰었다.

"전우치를 임금으로 삼아 백성을 진정하고자 하였습니다. 이제 이 일이 발각되었으니 만 번 죽어도 아까울 것이 없습니다."

이때 전우치는 문사 낭청*으로 자리를 지키고 있었다. 뜻하지 않게 전우치가 역적의 초사*에 올랐다. 임금이 몹시 화가 나서 말하였다.

"전우치가 반드시 역모를 도모할 줄 알았는데 이제야 초사에 드러났도다."

임금이 빨리 전우치를 잡아들여 형구에 묶어 놓으라 하교하였다.

탑전榻前 임금의 자리 앞
간의대부諫議大夫 고려 시대 문하부(門下府)에 속하여 임금께 잘못을 고치도록 간하는 일을 맡아보던 벼슬
고자告者 남의 잘못이나 비밀을 일러바치는 사람
국문鞫問 국청(鞫廳)에서 형장(刑杖)을 하며 중죄인(重罪人)을 신문하던 일
낭청郎廳 조선 후기 실록청·도감(都監) 등의 임시 기구에서 실무를 맡아보던 당하관 벼슬
초사招辭 공초(供招)와 같은 뜻. 공초는 죄인이 범죄 사실을 진술하던 일

"내가 전일에 네 죄를 용서해 주고 벼슬을 주었다. 그럼에도 불구하고 국가의 은혜에 감복하지는 못할망정 법을 어기는 죄를 어찌 범하였느냐? 변명하지 말고 죽으라."

임금이 나졸들에게 엄히 하교하며 한 매에 죽이라 하였다. 나졸들이 힘을 다하여 때리려 하는데 팔이 아파서 매를 들지 못하였다.

전우치가 아뢰었다.

"신이 한 앞뒤의 죄상은 만 번 죽어도 마땅합니다. 하지만 오늘 법을 어겼다 하심은 천만 번 억울합니다."

전우치가 마음속으로 생각하였다.

'이는 반드시 나를 모해하는 사람이 있어서 이렇게 한 것이다. 어찌 애달프지 않겠는가?'

전우치가 다시 임금에게 아뢰었다.

"신이 이제 죽을 것인데 평생에 배운 재주를 세상에 전하지 못하였습니다. 바라옵건대 임금께서는 신의 소원을 풀게 해 주십시오."

임금이 생각하였다.

'이놈의 재주가 아주 기이하니 시험해 보리라.'

임금이 하교하였다.

"무슨 재주가 있느냐?"

전우치가 대답하였다.

"신이 그림을 잘 그립니다. 나무를 그리면 점점 자라고 짐승을 그리면 걸어갑니다. 산을 그리면 산에서 풀과 나무가 자랍니다.

세상에서 명화라 하였습니다. 이 그림을 세상에 전하지 못하고 죽으면 원혼이 될 것입니다."

임금 생각에도 이놈이 죽어서 원혼이 되면 괴로운 일이 있을 것이라 여겼다. 임금이 즉시 전우치의 몸에 맨 줄을 풀어 주고 종이와 벼루, 붓을 마련해 주었다. 전우치가 붓을 들어 산수山水를 그렸다. 만학천봉萬壑千峰에서 만 길 길이의 폭포가 산 위로부터 내리게 하였다. 시냇가의 버들가지를 늘어지게 하고, 그 아래 안장을 지고 있는 나귀를 그렸다. 그런 뒤에 전우치가 붓을 던지고 네 번 절하였다.

임금이 말하였다.

"너는 곧 죽을 죄인인데 네 번 절함은 무슨 뜻인가?"

전우치가 아뢰었다.

"신이 이제 임금께 하직하고 산중으로 들어가겠습니다."

전우치가 나귀 등에 올라 산중으로 들어가더니 문득 간 곳이 없었다.

임금이 몹시 화를 내며 말하였다.

"내가 이놈에게 또 속았으니 이를 장차 어찌할까?"

임금이 좌우 신하들에게 그림을 불태우라 하였다. 그 죄인들을 다시 엄하게 국문하여 자백을 받은 후에 죽이라 하였다. 임금이 전우치에게 속은 것을 못내 통한해하여서 각 도에 알렸다.

"전우치를 잡아들이는 자가 있으면 천금 이상의 벼슬을 주겠다."

왕연희에게 복수하다

전우치가 요술로 임금을 속이고 죽을 액운에서 벗어나서 집에 돌아왔다. 전우치는 어머니에게 전후 사정을 다 아뢰었다. 부인이 몹시 놀라며 말하였다.

"이후로는 몸을 감추고 다시는 조정에 나가지 마라. 네가 임금을 속였으니 그 죄가 천지 사이에 용납되지 못할 것이다. 네가 죽은 뒤에도 무슨 면목으로 조상님을 뵈려고 하느냐?"

어머니가 한참을 몹시 꾸짖었다. 전우치가 어머니의 훈계를 들은 뒤 산중에 있으며 조용히 책을 읽는 데 힘썼다. 가끔은 나귀를 타고 산수의 물색을 구경하기도 하였다. 그러다 한 곳에 이르러서 보니 젊은 중이 고운 계집을 데리고 산속으로 들어갔다. 이윽고 그 여자가 나무에 올라 스스로 목을 매려고 하였다.

전우치가 때마침 마을에서 술을 사 먹고 산 위로 올라가다가 그 장면을 보게 되었다. 전우치가 급히 달려가 여자의 목에 맨 줄을 풀어 주고

팔다리를 주물러 회생시켰다. 그러고는 목을 맨 이유를 물으니 그 여자가 말하였다.

"아까 지나가던 화상和尙은 남편이 살아 있을 때 친하게 지내던 중놈입니다. 첩이 일찍 남편을 여의고 수절하고 있었는데, 오늘이 남편 제삿날입니다. 그런데 그 중놈이 와서 달랬습니다. '제 절에 가서 제를 올리십시오.' 그러면서 같이 절로 가기를 간청하였습니다. 저는 그 말을 의심하지 않고 따라왔습니다. 그런데 그놈이 여기에 와서 저를 겁탈하여 더 이상 살아 있을 수 없기에 자결하고자 한 것입니다."

전우치가 그 여자를 위로하여 자기 집으로 보내고 다시 산으로 올라갔다. 큰 암자가 있고 어제 보았던 중놈이 그곳에 있었다. 전우치가 가만히 진언을 외우고서 기운을 내어 부니 그 중이 변하여 전우치가 되었다. 전우치는 그 절에 머물러 있으며 동정을 살폈다. 마침 포도 기찰이 왔다가 그 중놈을 보고 전우치로 여겨 태수에게 급하게 아뢰었다. 태수가 매우 기뻐하며 병사를 내어서 그 중놈을 잡아 결박하고 서울로 올려 보냈다. 임금이 바로 친히 국문을 하였다.

정원正員이 아뢰었다.

"각 도와 읍에서 전우치를 잡아들인 것이 361명입니다. 이는 반드시 전우치의 요술인가 봅니다."

임금이 진노하여 어떻게 처치해야 할지를 생각하지 못하였다. 도승지 왕연희가 아뢰었다.

"전우치의 변하는 기술을 예측할 수 없으니 지금도 이를 고심하고 있습니다. 진짜와 가짜를 생각하지 마시고 모두 베어 죽이십시오."

임금이 옳다고 여기고는 십자각에 자리를 정하시고는 잡아들인 전우

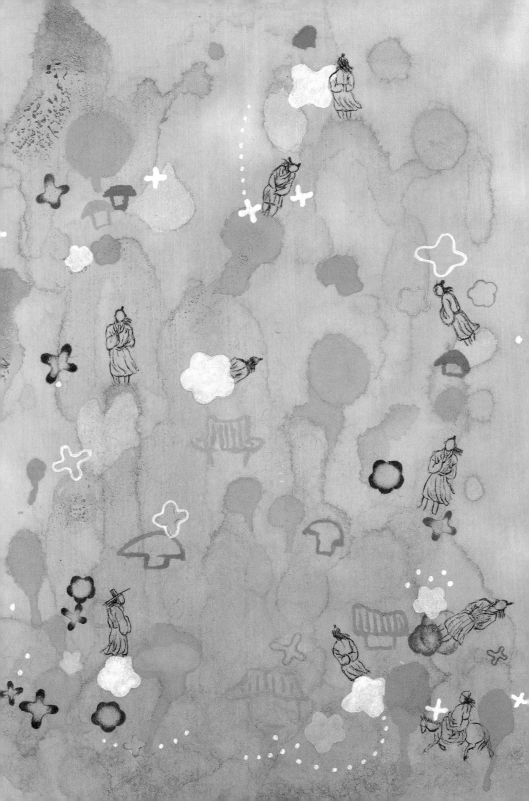

치를 차례로 베었다. 그중에 한 사람이 나와 아뢰었다.

"신은 전우치가 아니고 도승지 왕연희입니다."

임금이 보니 분명 왕연희였다. 임금이 좌우 신하들에게 물었다. 좌우 사람들이 대답하여 말하였다.

"이는 전우치입니다."

임금이 탄식하며 말하였다.

"나라의 운이 불행하여 요얼妖孽이 이와 같이 장난을 하니 종묘사직을 어찌 보전할 수 있겠는가? 적신 한 명을 죽이는 데 죄 없는 조정 신하와 애매한 백성만 많이 죽이고 있구나."

임금이 친국親鞠을 끝내었다.

전우치가 구름 속에서 요술을 행하고 몸을 변하여 왕연희가 되어 궐문을 나왔다. 하인이 말을 대령하여 왕연희를 모시고 왕부로 돌아갔다. 전우치가 바로 내당으로 가서 부인과 수작하였다. 부인과 집안사람들은 전우치의 장난인 줄을 전혀 몰랐다.

이때에 왕연희가 궐내에서 나와 하인을 찾으니 한 명도 없었다. 이를 이상하게 여기고는 왕연희가 동관에서 말을 빌려 타고 집에 돌아오니 하인이 문 앞에 있었다. 왕공이 몹시 화를 내면서 그 사정을 물으니 하인들이 말하였다.

"저희가 아까 상공을 모셔 왔는데, 어찌 상공이 여기 또 계십니까?"

왕공이 한참을 생각하였는데도 의심이 났다. 내당으로 들어가니 여종들이 손뼉을 치며 말하였다.

"이 어찌 된 일입니까? 조금 전에 우리 상공께서 나와 계셨는데 이 어찌 된 일입니까?"

왕공이 아무것도 모르면서 침실로 들어갔다. 과연 한 왕공이 부인과 말을 다정하게 나누고 있었다. 왕공이 몹시 화를 내고 꾸짖어 말하였다.

"너는 어떤 놈이기에 감히 양반집에 들어와 내 아내와 말을 섞느냐?"

왕공이 노복을 시켜서 빨리 결박하라고 하니 전우치가 말하였다.

"너는 어떤 놈이기에 내 얼굴을 하고 내당에 들어와 내 아내를 겁탈하려고 하느냐? 어찌 이런 변고가 있느냐?"

전우치가 하인에게 호령하며 빨리 내치라고 하였다. 하인들은 이 상황을 보며 어떻게 할 줄을 몰랐다.

전우치가 오히려 호령하며 말하였다.

"내가 전에 들으니 요물은 인형을 오랫동안 쓸 수 없다고 하였다."

전우치가 왕공을 향하여 물을 뿜어 대고 주사朱沙를 내어 몸에 발랐다. 왕공이 구미호로 변하여 노복들이 그제야 칼과 몽둥이를 들고 달려들어 쳐서 죽이려고 하였다.

전우치가 말리며 말하였다.

"이 일이 큰 변고이니 나라에 아뢰어 처치할 것이다. 저자를 단단히 묶어서 방에 가두고 잘 지켜라."

노복들이 다 듣고 나서 왕공을 줄로 묶어 가두었다.

왕공이 뜻하지 않은 변을 만나자 말을 하려고 하였다. 그런데 웬일인지 사람의 목소리가 아닌 여우의 소리가 났다. 정신이 아득하여 왕공이 다만 눈물만 흘리고 누워 있었다. 딱 짐승의 모양이고 속만 사람이었다.

전우치가 생각하였다.

'3~4일을 속이면 살지 못하겠구나.'

그날 밤 사경四更에 전우치가 왕공을 가서 보고 말하였다.

"나는 너에게 원수진 일도 없는데, 너는 나를 죽여 나라에 공을 세우고자 하였다. 이에 내가 먼저 너를 죽여 한을 씻고자 하였는데 내 평생에 살생을 하지 않으니 너의 죄를 사면해 주기로 하였다. 너는 다시는 이런 행실을 하지 마라."

전우치가 진언을 외우니 다시 왕연희가 되었다. 왕공이 그제야 전우치의 요술로 그리된 줄을 알고 놀라 겁내며 말하였다.

"전공의 높은 재주를 모르고 죄를 범하였습니다."

왕공이 전우치에게 여러 번 사례하였다.

전우치가 다시 당부하였다.

"구하고 가니 내가 돌아간 뒤에 집안이 시끄러울 것이다. 이렇게 이렇게 하라."

전우치가 알려 주고 남서부로 갔다.

왕공이 노복을 불러 말하였다.

"그 요괴를 자세히 봐라."

노복들이 방에 가서 보니 요괴가 없었다. 모두 놀라서 그대로 왕공에게 아뢰었다. 왕공이 성내며 말하였다.

"너희가 집을 제대로 지키지 못하여 요괴를 잃었도다."

왕공이 무수히 꾸짖고는 물리쳤다.

전우치가 다시 암자에 가서 보니 그 화상이 여전히 전우치의 모양을 하고 있었다. 전우치가 그 화상을 향하여 물을 뿜고 진언을 외웠다. 화상이 도로 본래의 모양으로 돌아왔다. 전우치가 크게 꾸짖어 말하였다.

"너는 중생이 되어서 불도를 숭상해야 한다. 그런데 수절하는 계집을 유인하고 겁탈하여 자살하게 하였다. 그 죄 만 번 죽여도 시원하지가

76

않도다. 너를 전우치의 얼굴로 만들어 죽이려 하였으나 차마 살생을 못

하였다. 너를 살려 내어 다시 네 본래 모습으로 돌려줄 것이다. 이후로

는 그런 행실을 하지 마라."

미인 주선낭,
족자에서 나오다

전우치가 집에 돌아오다가 한 곳에 다다랐다. 여러 소년이 족자를 가지고 다투어 보며 칭찬하며 말하였다.

"네 족자 그림이 천하에 명화로다."

전우치가 나가 보니 곧 미인도였다. 그 미인이 아이를 안고 희롱하는 형상이었다. 입으로 말하는 듯, 눈으로 보는 듯하여 마치 실제 사람이 움직이는 것 같았다. 전우치가 한 계교를 생각하고 일러 말하였다.

"이 그림이 무엇 때문에 명화라고 이르는가? 그대들은 또 어찌 이 그림을 지나치게 좋다고 여기는가?"

그중에 오생이라는 사람이 답하였다.

"그대는 눈이 높아서 그러는 것이니 물정 모르는 말을 하지 마십시오. 이 그림이 말하는 듯, 보는 듯하니 어찌 명화가 아니겠습니까?"

전우치가 웃고 그림 값을 물으니 오생이 대답하였다.

"은자 오십 냥이니 명화치고는 값이 적습니다."

전우치가 말하였다.

"내게 족자 하나가 있으니 그대들은 보시오."

전우치가 소매 안에서 미인도를 내놓았다. 미인은 아주 아름다웠다. 몸에는 녹의홍상綠衣紅裳을 입고 머리에는 화관을 썼다. 그 모습은 아주 아름다운 절대가인絶代佳人이었다. 여러 사람이 보고 칭찬하며 말하였다.

"이 그림도 살아 움직이는 듯하니 우리 족자와 거의 같도다."

전우치가 비웃으며 말하였다.

"그대 족자도 좋다고 하지만 살아 있는 장면은 이 족자만 못하니 이 그림의 품격을 보라."

전우치가 족자를 걸며 가만히 불렀다.

"주선낭은 어디에 있는가?"

문득 그 미인이 대답하며 동자를 데리고 나오니 전우치가 말하였다.

"모든 공자公子께 술을 부어 드려라."

선낭이 대답하고 잔에 술을 부어 드렸다. 전우치가 먼저 마시고 차례로 여러 사람이 받아 마셨다. 술맛이 아주 좋았다. 여러 사람이 술자리를 파한 뒤에 선낭이 술과 안주를 거두어서 그림이 되어 들어섰다. 여러 사람이 몹시 놀라서 서로 말하였다.

"이 그림은 천상의 조화도 아니고 꿈속에 희롱하는 것도 아니다. 만고의 희한한 보배다."

오생이 말하였다.

"내가 시험해 보리라."

오생이 전우치에게 부탁하였다.

"우리가 가지고 있는 술이 나쁩니다. 원하건대 내가 주선낭을 불러

술을 더 청해 보겠습니다."

전우치가 허락하였다.

오생이 가만히 주선낭을 불렀다.

"술이 나쁘니 더 먹기를 청합니다."

문득 주선낭이 대답하고 술병을 들었다. 동자는 상을 가지고 의연히
나와 병을 기울여 술을 부어 주었다. 오생이 먼저 먹고 여러 사람이 차
례로 한 잔씩 마신 뒤에 사례하며 말하였다.

"오늘 존공尊公을 만나 좋은 술을 먹고 신기한 일을 보니 아주 다행입
니다."

전우치가 말하였다.

"이 족자의 그림이 비록 생동감이 있으나 쓸데가 없습니다. 그림의
술을 드시고 무슨 사례를 하십니까?"

오생이 말하였다.

"족자가 쓸데없거든 나에게 팔고 감이 어떻습니까?"

전우치가 말하였다.

"부디 가질 사람이 있거든 팔겠습니다."

오생이 값을 물으니 전우치가 말하였다.

"술병을 가지고 있는 사람은 주선낭입니다. 술이 일생토록 마르지 않
으니 극진한 보배입니다. 은자 천 냥을 받고자 합니다."

오생이 말하였다.

"값의 많고 적음은 따지지 말고 형은 내 집에 감이 어떻습니까?"

전우치가 허락하고 같이 오생의 집에 가서 족자를 주며 말하였다.

"내가 내일 올 것이니 돈을 챙겨 두고 계십시오."

전우치가 이렇게 말하고 갔다.

오생이 많이 취해서 족자를 외당 벽 위에 걸고 보니 주선낭이 병을 들고 서 있었다. 오생이 그 고운 태도를 흠모하여 옥수玉手를 잡고 무릎 위에 앉히고 사랑함을 이기지 못하였다. 잠자리에 들려고 할 즈음에 갑자기 문이 열리며 급히 한 사람이 들어왔다. 오생의 아내 민씨였다. 원래 민씨는 투기의 선봉이고, 시샘의 대장이었다. 민씨는 남의 일을 보아도 칼을 들고 달려드는 버릇이 있었다. 오늘 밤에 오생의 희롱함을 보고 몹시 화가 나서 선낭을 치려고 하였다. 벌써 선낭은 그림 속으로 들어갔다. 민씨가 더욱 분노하여 족자를 찢어 버렸다. 오생이 몹시 놀라며 말하였다.

"그 족자는 은자 천 냥을 주고 사기로 족자 주인과 서로 약속하였소. 그림 주인이 오면 어찌하오?"

민씨가 말하였다.

"그림 주인이 오면 내가 마땅히 꾸짖어 욕할 것입니다."

오생과 민씨가 서로 다투고 있었다. 때마침 전우치가 오니 오생이 맞이하며 그 사연을 말하였다.

전우치가 듣고 민씨를 속이고자 하여 민씨에게 주문을 외우고 금으로 만든 망사를 덮어 주었다. 그러자 민씨의 속은 사람이지만 겉은 큰 이무기로 변하였다. 말을 하려고 하지만 말을 할 수 없었다. 일어나고자 하였으나 움직일 방법이 없었다. 전우치가 오생에게 말하였다.

"그대를 위하여 족자를 두고 갔더니 이제 보배를 없애 버렸소. 그대를 만난 것이 불행이오. 그대의 집에 큰 변이 날 것이니 조심하시오."

오생이 말하였다.

"무슨 변괴입니까?"

전우치가 말하였다.

"그대 집에 천 년 묵은 짐승이 그대 부인이 되어 변고를 만들 것이오."

오생이 말하였다.

"무슨 일로 요얼이 변란을 일으킵니까?"

전우치가 말하였다.

"그대 부인이 내 족자를 찢어서 요얼이 장난하는 것이오. 그대는 방문을 열고 보시오."

오생이 믿지 않으면서 방문을 열어 보았다. 과연 민씨가 사라졌고 길이가 세 발이나 되는 큰 이무기가 엎드려 있었다. 오생이 몹시 놀라고서 나와 전우치에게 말하였다.

"과연 큰 이무기가 있으니 죽일 것입니다."

전우치가 말리며 말하였다.

"그 요괴는 천 년 묵은 정령精靈이오. 만일 죽이면 큰 화가 일어날 것이오. 내가 부적 한 장을 큰 이무기의 허리에 매어 두면 오늘 밤에 자연히 없어질 것이오."

전우치가 부적을 내어 큰 이무기의 허리에 매었다. 그러고는 오생에게 문을 열어 보지 말라고 당부하였다.

전우치가 돌아가 날이 새기를 기다려 오생의 집에 갔다. 전우치가 민씨를 보고 꾸짖어 말하였다.

"네 남편을 업신여겨 포악을 일삼으며 투기를 숭상하였다. 심지어 남의 족자를 찢고 나에게 욕을 하는 죄를 지었다. 내 너에게 금망사를 덮어 씌워 돌구멍에 넣어 고초를 겪게 하려 한다. 그러나 이제라도 허물을 고친다면 금망사를 벗겨 주리라."

민씨가 고개를 흔들었다. 전우치가 진언을 외우니 금망사가 절로 벗겨졌다. 민씨가 황연히 일어나 백배사례百拜謝禮하였다.

전우치가 집에 돌아오다가 전에 동학하던 양봉안이라는 사람을 찾아가 보았다. 양생은 병이 들어 누워 있었다. 전우치가 놀라 병의 증세를 자세히 물으니 양생이 말하였다.

"심복이 아프고 먹고 마시는 것을 하지 않은 지 오래되었네. 다시 회생하지 못할 듯하네."

전우치가 진맥하고 말하였다.

"이 병은 사람을 생각하다가 난 것이네. 누구로 말미암아 이 병이 났는가?"

양생이 말하였다.

"과연 그렇다네. 다름이 아니라 남문 안 회현동에 사는 정씨 성을 가진 여자가 있네. 경국지색傾國之色으로 일찍 과부가 되었는데, 우리 삼촌 집과 나란히 있어서 담 사이로 우연히 보았다네. 그 이후로 사모하는 마음이 매일 간절하여 병세가 이렇게 되었네. 필경 세상이 구하지 못할 듯하네."

전우치가 말하였다.

"말 잘하는 매파媒婆를 보내어 혼인하자고 말을 해 보게나."

양생이 말하였다.

"그 여자는 절행이 특별하여 일이 이루어지지 못하면 오히려 욕을 당할까 걱정이네."

전우치가 말하였다.

"그러면 내가 형을 위하여 그 여자를 데려오는 것이 어떻겠는가?"

양생이 말하였다.

"형이 아무리 재주가 좋으나 그 여자를 데려오지는 못할 것이니 부질없는 마음을 먹지 말게나."

전우치가 말하였다.

"형은 염려하지 말고 있게나."

전우치가 구름을 타고 갔다.

강림 도령, 전우치를 꾸짖다

정씨가 일찍 과부가 되어서 낮과 밤으로 슬퍼하다가 죽고 싶었다. 그러나 위로는 늙은 어머니만 계시고, 다른 동기간은 없었다. 모녀母女가 의지하여 세월을 보내며 살았다. 하루는 정씨가 마음을 다스리지 못하여 방 안을 왔다 갔다 하였다. 그때 문득 구름 속에 선관 한 명이 홍포옥대®를 차고 머리에는 금관을 쓰고 있었다. 선관이 손에 옥을 쥐고 맑은 목소리로 불러 말하였다.

"주인 정씨는 나와서 옥황상제의 명을 받으라."

정씨가 이 말을 듣고 어머니에게 아뢰었다. 어머니가 놀라며 이상하게 여겨 급히 마루에 향안을 배설하였다. 또 정씨를 뜰에 내려와 엎드리게 하였다. 전우치가 말하였다.

홍포옥대紅袍玉帶 조선 시대에 삼품 이상의 벼슬아치가 입던 붉은색의 도포와 옥으로 장식한 띠

"문 선낭아! 인간 재미가 어떠하더냐? 이제 천상 요지의 반도연°에 참여하라."

정씨가 옥황상제의 명을 듣고 몹시 놀라 말하였다.

"저는 인간의 더러운 몸이고 또 죄인입니다. 어찌 천상에 올라갈 수 있겠습니까?"

전우치가 말하였다.

"문 선낭은 인간의 더러운 물을 먹어 천상의 일을 잊었도다."

전우치가 호로파°를 넣어 만든 향온°을 가득 부었다. 동자가 정씨에게 주며 권하니 정씨가 받아 마셨다. 정신이 아득하여 정씨는 인사를 알지 못하였다. 전우치가 이로써 정씨를 구름에 태우고 공중에 올랐다. 그러자 정씨 어머니가 공중을 향하여 계속 절을 하였다.

이때 강림 도령이 모든 거지를 모아서 시장을 다니며 양식을 빌어먹었다. 홀연 향취가 배어 있고 고운 빛깔의 구름이 동남쪽으로 갔다. 강림 도령이 올려다보고 손을 들어 한 번 구름을 가리켰다. 구름 문이 저절로 열리며 선관과 고운

반도연蟠桃宴   삼천 년마다 한 번씩 열매가 열린다는 선경에 있는 복숭아 잔치
호로파葫蘆巴   콩과의 한해살이풀. 높이는 약 1m 정도. 여름에 나비 모양의 노란색 꽃이 피고 열매는 꼬투리 모양. 씨는 약재와 향신료로 쓰인다. 맛은 쓰고 성질이 더운 약으로 양기(陽氣)를 보하여 준다.
향온香醞   멥쌀과 찹쌀을 쪄서 식힌 것에 보리와 녹두를 섞어 만든 술

계집이 땅에 떨어졌다. 바로 전우치였다. 전우치가 정씨를 데리고 구름을 타고 공중으로 갔다. 문득 검은 기운이 공중에 오르며 법술法術이 저절로 풀려서 땅에 떨어졌다. 전우치가 몹시 놀라서 좌우를 살펴보았다. 아무것도 없었다. 전우치가 이상하게 여겨 다시 술법을 행하려고 하였다. 이때 한 거지가 아이와 함께 나와서 크게 꾸짖었다.

"필부匹夫 전우치는 들어라. 요술을 배워서 하늘을 속이고 열부를 훼절하고자 하였느냐? 어찌 밝은 하늘이 무심하겠는가? 이리하여 나에게 너 같은 놈을 죽이라고 하셨으니 나를 원망하지 마라."

전우치가 몹시 화를 내며 차고 있던 칼을 빼서 베려고 하였다. 별안간 그 칼이 변하여 흰 여우가 되어 오히려 전우치를 해하려고 하였다. 전우치가 의심하여 피하려고 하다가 갑자기 발이 땅에 붙어 움직이지 못하였다. 전우치가 빨리 몸을 변하게 하려고 하나 술법을 행할 수 없었다.

전우치가 몹시 놀라서 자세히 살펴보았다. 그 아이의 모습을 보니 남루하지만 도술이 높은 걸 알 수 있었다. 전우치가 몸을 굽혀 빌며 말하였다.

"소생이 눈은 있으나 망울이 없어서 선생을 몰라보았습니다. 그 죄 죽어 마땅하지만 집에 나이 드신 어머니가 계십니다. 집이 가난하여 능히 어머니를 봉양할 수가 없어 부득이 임금님을 속인 것입니다. 두 번째는 목숨을 도모한 것입니다. 지금 정씨의 절행節行을 해하려고 하는 것은 병든 친구를 살리고자 하는 것입니다. 원컨대 선생은 제 죄를 사면해 주시고 좋은 방법을 가르쳐 주십시오."

강림 도령이 말하였다.

"그대가 말하지 않아도 나는 벌써 알고 있었다. 나라의 운이 불행하

여 그대와 같은 자들이 요술을 많이 부려서 그대를 죽이려 하였다. 그
대의 늙은 어머니의 정성을 생각하여 살려 둘 것이다. 이제 빨리 정씨
를 데려다가 제집에 있게 하라. 양가는 좋은 계략으로 살릴 것이다. 정
씨를 대신할 사람이 있으니 일찍 부모를 여의고 홀로 남아 몹시 가난하
지만 그 마음이 어질다. 성이 정씨이고 나이는 열여덟이다. 그대가 만
일 내 말을 어기면 몸에 큰 화가 미칠 것이다."

전우치가 사례하며 말하였다.

"선생의 높은 성명을 알려 주십시오."

그 사람이 말하였다.

"나는 강림 도령이니 세상을 희롱하고자 두루 다니고 있도다."

강림 도령이 요술 행하는 법을 도로 줄여 놓았다. 전우치가 즉시 정씨
를 데리고 정씨 집에 갔다. 공중에서 전우치가 그 어머니를 불러서 말
하였다.

"조금 전 옥경玉京에 올라가니 상제께서 이르셨다. '문 선낭이 아직
죄가 다하지 않아 도로 인간 세상에 보낸다. 고행을 더 지낸 뒤 다시 오
라' 하여 도로 왔으니 부디 선심에 이르게 하라."

전우치가 향약을 내어 정씨 입에 넣어 주었다. 이윽고 정씨가 깨어 정
신을 차렸다.

재설.

전우치가 다시 강림 도령께 가서 그 여자의 거처를 물었다. 강림 도령
이 환영단을 주며 그 집을 가르쳐 주었다. 전우치가 하직하고 그 집을
찾아갔다. 한 칸 초가집이 퇴락한 곳에 한 여자가 시름에 쌓여 혼자 앉

아 있었다. 전우치가 나아가 달래며 말하였다.

"그대의 고단함을 내가 이미 알았습니다. 당신은 나이 스물하나가 되도록 시집을 가지 못하여 모양이 불쌍해 보였습니다. 내가 그대를 위하여 중매를 하고자 합니다."

여자가 부끄러워 머리를 숙이니 전우치가 환영단을 먹이고 물을 뿜으며 진언을 외우니 여자가 조금 전에 천상에 데리고 갔던 과부 정씨의 얼굴이 되었다. 전우치가 정씨에게 양생의 병든 곡절과 정녀를 데리고 오던 사연을 말해 주었다. '이렇게, 이렇게 하라' 하고는 보자기를 씌워 구름을 타고 양생의 집으로 갔다. 그 여자를 외당에 두고 내실에 들어가 양생에게 말하였다.

"과연 정씨의 절행이 높기에 감히 말을 전하지도 못하고 왔네."

양생이 처량히 슬퍼하면서 말하였다.

"형의 재주로도 일을 이룰 수 없으니 어찌 다시 생각이나 하겠는가?"

전우치가 여러 가지로 타이르며 무수히 조롱하다가 말하였다.

"내 이번에 정녀는 데려오지 못하였지만 정녀보다 열 배나 더 고운 미인을 모셔 왔네그려."

양생이 말하였다.

"내가 미인을 자주 보았지만 정녀 같은 인물은 없었네. 형은 농담하지 말게나."

전우치가 말하였다.

"내 어찌 아픈 사람과 희롱하겠는가? 외당에 모셔 왔으니 미인인지 아닌지는 나가 보면 알 것이네."

양생이 반신반의하며 억지로 이끌려 외당에 나가 보았다. 과연 미인이 소복을 입고 있었다. 뚜렷한 얼굴은 가을하늘의 맑은 달이고, 분명한 눈썹은 샛별 같았다. 천 가지 아리따운 것들에 비할 것이 없었다. 양생이 한 번 봄에 오래도록 사모하였던 정씨의 모습과 같았다. 양생은 정신이 황홀하여 취한 듯 미친 듯하였다. 반갑고도 즐거움을 차마 이기지 못하였다. 이후로 양생의 병이 점점 나아졌다.

서화담과 용담에게
가르침을 받다

전우치가 혼주를 보고자 예단을 갖추어 가지고 혼주에게로 찾아갔다. 이때 서화담°이 시동에게 분부하여 말하였다.

"오늘 오시午時에 전생이라는 사람이 올 것이다. 초당을 깨끗이 청소해 놓아라."

이때 전우치가 문에 와서 천천히 걸으며 두루 구경하였다. 소나무와 대는 푸르고, 그 사이 시냇물은 잔잔히 흘렀다. 또 사슴은 친구를 찾아 뛰어다니고 흰 학은 춤을 추는 듯 날고 있었다. 이곳은 특별한 하늘과 땅이 있는 곳으로 인간이 사는 세상이 아니었다. 대숲 사이에 있는 사립문에 나아가 전우치가 문을 두드렸다.

동자가 나와서 물었다.

"선생님이 전공이십니까?"

전우치가 말하였다.

"동자가 어찌 나를 아느냐?"

동자가 말하였다.

"아침에 선생이 오신다고 알려 주셔서 알고 있습니다."

전우치가 매우 기뻐하며 동자에게 폐백을 받들어 드리도록 하였다. 전우치가 주인을 뵙자고 청하니 서화담이 즉시 초당으로 청하였다. 손님과 주인 사이에 지켜야 할 예의를 한 후에 전우치가 말하였다.

"소생이 선생의 높은 이름을 우레같이 듣고 먼 길을 찾아서 왔습니다. 선생의 가르침을 바랍니다."

서화담이 손사래를 치며 말하였다.

"전공이 나를 알아보려고 왔나 봅니다. 내가 무슨 도학이 있다고 이렇게 칭찬을 지나치게 하십니까? 그대의 술법이 높아 모르는 일이 없다고 들었습니다. 술법을 한 번 보기를 원합니다."

전우치가 서화담의 칭찬에 사례하고 종일토록 이야기를 하였다. 서화담이 여종에게 명하여 술과 안주를 재촉하였다. 전우치가 칼을 빼서 벽 위에 꽂아 두니 신선이 먹는 영출주가 술잔에 흘렀다. 잠깐 사이에 술이 한 항아리에 가득 차기에 바로 칼을 뺐다. 북쪽 벽에 걸린 족자 그림에 빛난 채색이 뚜렷하였다. 창문을 열고 보니 여러 색의 옷을 입은 선녀가 술과 안주를 갖추어 들고 나왔다. 선녀가 전우치 앞에 상을 놓고 잔을 받들어 술을 권하였다. 전우치가 받아서 먹으니 아주 향기가 진하였다. 서화담에게 고맙다고 인사하며 전우치가 말하였다.

서화담　서경덕(徐敬德). 조선 중종 때의 학자(1489~1546년). 자는 가구(可久). 호는 복재(復齋)·화담(花潭). 이기론(理氣論)의 본질을 연구하여 이기 일원설을 체계화하였으며, 수학·역학도 깊이 연구함. 조선 시대 명기 황진이와 관련한 이야기가 전하며, 송도 삼절 중의 하나. 저서에 『화담집』이 있다.

"소생이 신선이 사는 곳에 이르러 신선이 마시는 맛있는 술과 아주 맛있는 음식을 먹어 보았습니다. 너무도 감사합니다."

서화담이 웃으며 말하였다.

"그대는 어찌 과찬의 말을 하십니까?"

서화담이 수작을 할 때에 갑자기 소박한 차림의 한 선생이 들어와 물었다.

"앉아 계신 분은 누구십니까?"

서화담이 말하였다.

"남서부에 사시는 전공이시네."

서화담이 전우치를 향하여 말하였다.

"이분은 나의 아우인 용담입니다. 그대와 얼굴을 대면하지도 못하였고, 객을 대접하는 예도 없었으니 용서하십시오."

전우치가 눈을 들어 용담을 보았다. 눈썹과 눈이 맑고 깨끗하며 골격이 크고 훤칠하였다. 용담의 위풍이 사람을 놀라게 하였다. 이윽고 용담이 전우치에게 예를 올린 뒤에 말하였다.

"선생의 술법이 높다는 소리를 들은 지 오래되었습니다. 오늘에야 만나 뵈니 많이 늦었습니다. 선생의 도술을 한 번 구경하기를 원합니다."

전우치가 말하였다.

"용렬한 사람이 어찌 도술이 있겠습니까?"

용담이 두 번, 세 번 간청하였다. 전우치가 한 번 시험 삼아 즉시 진언을 외웠다. 용담이 쓰고 있던 갓이 뿔이 세 개 달린 소머리로 변하여 자리 위에 떨어졌다. 전우치가 눈을 조금 감고 입을 벌렸다. 용담이 자기가 쓰고 있던 갓을 소머리로 만들었다. 그것을 보고 전우치가 화가 나서 즉시 진언을 외웠다. 전우치가 쓰고 있던 갓이 돼지머리로 변하여 자리에 떨어졌다. 앞 이빨을 드러내고 돼지머리의 귀가 떨어졌다.

전우치가 생각하였다.

'이 사람의 재주가 비상하니 겨루어 볼 만하리라.'

전우치가 돼지머리를 향하여 진언을 외웠다. 돼지머리가 변하여 세 갈래의 긴 창이 되었다. 용담이 또한 소머리를 향하여 진언을 외웠다. 소머리가 변하여 큰 칼이 되어서 긴 창과 함께 공중에 올라 싸웠다. 용담이 또 부채를 던지며 진언을 외웠다. 칼과 부채가 변하여 적룡과 청룡이 되었다. 전우치가 쥐었던 부채 장식품扇鍾을 던졌다. 창과 장식품이 변하여 백룡과 흑룡이 되어 네 마리의 용이 어우러져 싸웠다. 구름과 안개가 자욱하고 벽력이 진동하여 승부를 가릴 수 없었다.

청룡과 적룡이 점점 힘이 떨어졌다. 화담은 두 사람이 재주를 겨루다가 반드시 좋지 않은 일이 있으리라 생각하였다. 화담이 싸움을 그치게 하니 모두 본래 상태로 돌아왔다.

전우치가 먼저 갓을 쓰고 부채를 가져갔다. 그 뒤에 말을 좋게 하였다. 용담은 부채와 갓을 거두지 않고 있었다. 전우치가 하직을 하며 말하였다.

"오늘 외람되게 선생의 높은 재주를 몰라보고 재주를 겨루었습니다. 이 죄가 가장 크니 뒷날에 사죄를 청하겠습니다."

전우치가 돌아갔다. 서화담이 전우치를 보내고 용담을 꾸짖었다.

"너는 청룡과 적룡을 내고 전우치는 백룡과 흑룡을 내었다. 청靑은 목木이며, 적赤은 화火이다. 또 백白은 금金이며 흑黑은 수水이다. 오행五行에서 금은 목을 이기고 수는 화를 이긴다고 하였다. 네가 어찌 전우치

를 이길 수 있겠느냐? 하물며 내 집에 온 손님과 부질없이 겨루어 보고
자 하였느냐?"

용담이 사죄를 하였다. 그러나 마음에는 전우치에게 화가 나서 해칠
뜻이 있었다.

그 뒤 삼 일 만에 전우치가 서화담을 찾아뵈었다. 서화담이 말하였다.

"내가 그대에게 청할 일이 있으니 해 주시겠습니까?"

전우치가 말하였다.

"무슨 일입니까?"

서화담이 말하였다.

"남해 가운데에 큰 산이 있으니 이름 하여 '화산'이라 합니다. 그 산
속에 '운수 선생'이라 부르는 도인이 있습니다. 나와 같이 수학하였습
니다. 그 선생이 여러 번 글월로 재주를 부리다가 지금은 하지 못하고
있답니다. 지금 그대를 만났으니 다녀오실 수 있으시겠습니까?"

전우치가 기뻐하며 허락하니 서화담이 말하였다.

"내가 생각하기에 화산은 바다 가운데 있으니 쉽게 다녀오지 못할 수
도 있습니다."

전우치가 말하였다.

"소생이 비록 재주가 없지만 순식간에 다녀오겠습니다."

서화담이 전우치의 말을 도무지 믿지 못하였다. 전우치는 속으로 말
하였다.

'화담이 나를 업신여기는가?'

"소생이 만일 순식간에 다녀오지 못하면 여기서 죽을 때까지 다시 산
문을 나서지 않을 것입니다."

서화담이 말하였다.

"진실입니까? 갈 때 행여 실수가 있을지 걱정입니다."

서화담이 즉시 글월을 써 주었다. 전우치가 받아 들고 해동청 보라매로 변신하여 공중에 올랐다. 바다 가운데를 향하여 가며 전우치가 바라보니 난데없는 그물이 앞을 가리고 있었다. 전우치가 그 그물을 넘어가려 하였다. 그런데 그물이 전우치가 올라가는 곳까지 따라와 앞을 가리었다. 밑으로는 바닷물 속까지 잠기었다. 좌우로는 하늘가까지 닿아 있어 화산을 갈 수가 없었다. 전우치가 십여 일을 죽기로 애를 쓰다가 화산으로 못 가고 돌아왔다. 서화담을 보고 바다 가운데에서 힘들었던 사연을 말하였다. 서화담이 말하였다.

"그대가 큰말로 장담하더니 약속대로 일을 행하지 못하였습니다. 산속에서 죽을 때까지 사는 것이 어떻겠습니까?"

전우치가 약속을 지키지 않고 달아나려고 하였다. 이를 알고 서화담이 변신하여 삵이 되어 달려들었다. 일이 급함을 알고 전우치가 보라매로 변신하여 날아가려 하였다. 서화담이 또한 청사자가 되어 전우치를 물고 크게 꾸짖었다.

"너 같은 놈의 요술로 임금을 속이고 장난을 많이 저질렀다. 어찌 죽이지 않겠는가?"

전우치가 애걸하였다.

"선생의 높은 재주를 몰라보고 높은 분에게 범하는 죄를 지었으니 죽어 마땅합니다. 제가 모시는 노모가 계시니 선생은 남은 목숨만이라도 살려 주십시오."

서화담이 말하였다.

"내가 이번은 살려 주겠지만 다시 이런 무상한 일을 하지 마라. 그대가 어머니를 봉양하다가 모친이 돌아가신 뒤에 나와 영주산에 들어가 선도를 닦는 것이 어떠한가?"

전우치가 말하였다.

"선생의 교훈대로 하겠습니다."

서화담에게 하직한 후에 전우치가 집에 돌아왔다.

전우치가 다시 요술을 하지 않고 어머니를 봉양하였다. 그러다가 세월이 많이 흘러 전우치 어머니가 돌아가셨다. 전우치가 예를 갖추어 어머니를 선산에 안장하고 삼년상을 받들었다. 하루는 서화담이 전우치를 찾아왔다. 전우치가 다급하게 나와 맞아 예를 올리고 자리에 앉았다. 서화담이 말하였다.

"그대와 서로 약속한 일도 있고, 그대가 상을 당한 것을 알고 왔다. 이제 그 산에 있는 구미호를 잡아 돌상자에 가두고 그 굴에 불을 지름이 어떠한가?"

전우치가 말하였다.

"이제 선생께서 그 여우를 없애시면 진실로 한 나라의 다행이라 생각합니다."

서화담이 말하였다.

"내가 그대와 함께 가려고 하니 행장을 준비하라."

전우치가 대답하고는 집의 재산을 나누어 종들에게 주며 말하였다.

"나는 이제 너희와 영원히 이별할 것이다. 너희는 아무 탈 없이 지내고 우리 조상의 제사를 잘 받들어 달라."

전우치가 선영에 하직 인사를 하였다. 그런 뒤에 서화담을 모시어 구름을 타고 영주산으로 향하였다. 그리하여 그 뒷일은 알지 못하였다.

정미년 중춘 유곡에서 새로 간행하였다.*

정미년~간행하였다.　원문은 "丁未 仲春 由谷 新刊". 여기에서 정미년은 소설에 서화담이 나오므로
이는 서화담이 죽은 뒤에 가능할 수 있기 때문에 '1607, 1667, 1727, 1787, 1847, 1907' 중 하나이
다. 그리고 방각본은 조선 후기에 많이 유통되었기에 1847년과 1907년일 가능성이 높다.

민중을 도와주는 의로운 도적
『전우치전』

● 『전우치전』의 등장 배경

삼정(전정, 군정, 환정)이 문란했던 조선 후기에는 일부 부정적인 양반과 정치가들 때문에 민중이 살아가기에 아주 힘든 상황이었다. 민중은 탐관오리들에게 강제로 빼앗겨 굶주리더라도 그들에게 맞서지 못하고 당하는 신세였다. 이때 민중에게 힘이 되어 줄 인물이 나타났으니 바로 '전우치'를 비롯한 의로운 도적이었다. 전우치는 홍길동, 홍경래 등과 함께 국문학사에 등장하는 대표적인 의적이다.

　『전우치전』에는 전우치가 도술을 부려 세금사의 여우를 물리치고, 임금을 속이고, 누명 쓴 죄인을 구해 주고, 가난한 사람을 도와주고, 서화담에게 도술로 지는 등의 이야기가 펼쳐진다. 특히 도술에 관한 내용이 많은 것은 도교와 관련 있다. 16세기에 들어오기 시작한 도교는 17세기 이후에 전성기를 맞이하여 허균의 '전'에도 도술 관련 내용이 많이 나타난다.

전우치는 호조의 돈을 가져다가 민중에게 나눠 주고, 선전관들이 음식을 성대히 차려 대접하기를 바라자 도술로 모든 것을 벌주어 다스린다. 전우치가 나랏돈을 민중에게 나누어 준 것은 도술을 강조하기보다는 민중이 더 이상 나라를 믿지 못하는 상황을 보여 주기 위한 것이다. 정부에서 하지 말라고 권한 허참례가 여전히 행해지는 등의 허례허식의 모습을 빗대어 표현하고 있다.

배경에 깔린 민중을 돕는 전우치의 '의로운 도적' 이미지 때문에 『전우치전』은 더욱 유명해졌다. 민중의 억울한 사정을 들어주고 나아가 그 일을 해결해 주는 전우치는 민중에게 영웅이나 다름없다. 독자들은 이 점 때문에 『전우치전』을 읽고 나서 마음이 깨끗해짐을 느낀다.

● 민중의 원한을 풀어 주다

『전우치전』은 하나의 일이 해결된 다음 다른 내용으로 옮겨 가는 옴니버스식 구성으로 이야기가 전개된다. 전우치는 제일 먼저 '세금사'에서 여우를 물리친다.

전우치가 세금사에 도착하니 나이 많은 스님을 비롯해 몇몇 스님만 남아 있었다. 전우치는 노승에게서 세금사가 천여 명이 넘는 스님이 도를 닦는 큰 절이었음을 듣는다. 전우치는 예전에 아주 번성했던 절이 지금처럼 쇠퇴한 것은 바로 '요얼'의 장난으로 사람들이 절을 떠났기 때문이라고 확신한다.

요얼을 물리쳐 세금사의 영광을 되찾으려고 고민하던 전우치는 산속에서 만난 여인이 세금사에 장난을 친 여우임을 확신하고는 끈으로 손발을 묶고 송곳으로 다리를 쑤신다. 자신의 정체를 부정하던 여우는 전우치가 못살게 굴자 결국 원래 모습으로 돌아간다. 이어 여우는 전우치에게 살려 달라고 애원한다.

전우치는 일을 해결할 때 비정상적인 방법을 사용하나 결코 살인은 하지 않는다. 사람을 죽이거나 사회의 반란을 꾀하려는 것이 아니라 도가적인 비범함으로 현재 사회의 부도덕과 부정을 밝히려는 의도 때문이다.

전우치가 저주를 걸었던 여우를 살려 주자 세금사에는 저주가 사라지고 예전과 같이 돌아갔다. 여우를 물리치는 과정에서 전우치는 천상天上의 책도 함께 얻는다. 전우치의 도술은 원래 여우 구슬을 먹었기에 가능했다. 여우의 등장과 물리침은 전우치가 어떻게 도술 능력을 얻었고, 그 능력이 어느 정도인지를 보여 주는 장치로 보인다.

전우치가 민중의 원한을 풀어 주는 능력은 이씨 노인의 아들을 살인죄에서 구해 준 일에서 드러난다. 어느 마을에 왕씨 성을 가진 사람과 그 부인이 살았다. 왕씨 부인은 미모가 뛰어났는데 이를 이용해 여러 사람과 정을 통했다. 그 상대가 바로 이씨 노인의 아들과 조씨였다. 하루는 조씨가 왕씨 부인과 정을 통하다가 왕씨에게 들켜 싸우는 일이 벌어졌다. 이씨 노인의 아들은 왕씨와 조씨의 싸움을 말리고는 조씨를 돌려보냈다. 조씨가 가 버린 뒤 이상하게도 왕씨가 갑자기 죽어 버렸다. 이 일을 본 왕씨 사촌이 왕씨 곁에 있던 이씨를 관가에 알렸다. 정작 왕씨와 몸싸움했던 조씨는 권력층인 양문기의 문객이라는 이유로 살인 누명을 벗는다. 반면에 조씨와 왕씨 곁에서 싸움을 말렸던 이씨 노인 아들은 엉겁결에 살인죄를 뒤집어쓴다.

전우치가 이를 듣고 이씨 노인의 아들을 구하려고 도술을 부려 양문기의 집으로 간다. 전우치는 거짓으로 죽은 왕씨의 모습을 하고서 양문기 앞에 나타나 '나를 죽인 사람은 이씨가 아니라 조씨입니다'라고 말하면서 자신의 원수를 갚아 달라고 한다.

양문기는 전우치의 말을 그냥 넘길 수 없어 조씨를 잡아들여 사실 여부를 직접 따져 묻는다. 그러나 조씨가 끝내 자신의 죄를 인정하지 않자 전우치는 도술로 조씨 앞에 나타나서 '내 아내를 겁탈한 것도 모자라 나까지 왜 죽였냐?'며 울부짖는다. 결국 조씨는 자신의 죄를 속이지 못하고 양문기에게 다 털어놓는다. 이로써 이씨 노인의 아들은 죄가 없음이 밝혀져 감옥에서 풀려나고 살인 누명도 벗는다.

이씨 노인과 그 아들의 원한을 풀어 주기는 했지만, 전우치의 행동은 결코 옳지 않다. 일반적으로 판결은 증거를 통해 법으로 해결해야 하는데, 전우치는 도술로 해결했다. 전우치의 문제 해결 방법은 결코 옳지 않다. 전우치는 증거를 가지고 죄가 없음을 밝힌 것이 아니라 도술로 죄가 없음을 증거로 내세워 증명했기 때문이다.

어쩌면 이것이 바로 민중이 원하는 방식이었는지도 모른다. 흔히 민중은 판결에 대해 잘 알지 못하기에 능력자가 나타나 민중의 한 맺힌 사연들을 한 번에 해결해 주기를 바랐을 것이다. 이것을 전우치가 도술로 민중이 간절히 바랐던 억울함을 해소해 주었을 것이다.

전우치는 민중의 원한을 풀어 줌과 동시에 교만한 양반을 혼내 주기도 한다. 어느 날 전우치가 여럿이 풍악을 울리며 놀고 있는 곳에 가서 같이 놀고자 한다. 그런데 소생과 설생의 교만함을 보고 전우치가 이들을 놀려 주려고 꾀를 부린다.

전우치는 바로 그들의 연회에 가서 차려 놓은 음식이 부실하다며 타박한다. 엉뚱하게도 봄철에 여름 과일이 없다고 트집을 잡은 것이다. 바로 소생과 설생을 혼내 주려는 전 단계이다. 그러자 소생과 설생은 전우치에게 여름 과일을 가져올 수 있냐고 내기를 건다. 이때다 싶어 전우치는 도술로 여름 과일을 두 사람 앞에 가져온다.

그 뒤 전우치는 소생과 설생, 그리고 창기에게 자신이 능력자임을 뽐내 도술을 거는 행동을 한다. 바로 두 남자의 양기를 없애고, 창기의 배에 구멍을 내는 도술을 부린다. 언제나 그랬듯이 이번에도 전우치는 두 사람을 혼내 준 뒤 이들이 자신의 잘못을 뉘우치게 하고는 원래대로 상황을 돌려놓는다. 일반 양반들이 민중을 업신여기는 행동을 전우치를 통해 비판한 것으로, 전우치가 소생과 설생을 혼내 주는 모습을 보면서 일반 민중은 쾌감을 맛보았을 것이다.

● 지나친 욕심을 벌하여 다스리다

『전우치전』에서 전우치는 민중의 원한과 바람을 풀어 주는 역할을 하고, 그 문제를 도술로 해결한다. 그러나 민중의 바람과 바라는 것이 어느 정도이냐가 문제이다. 민중의 바라는 정도가 너무 크면 전우치는 사정이 딱해 도와준 사람에게도 바로 재앙을 내린다. 그 대표적인 예가 한재경의 이야기이다.

한재경은 칠십 먹은 늙은 어머니를 받들며 살았는데, 다쳐서 장사할 수 없어 늙은 어머니와 함께 입에 풀칠하기 힘든 상황이었다. 이를 안 전우치는 재경을 불쌍히 여겨 소매에서 족자 하나를 내어 준다.

전우치는 족자를 집에 걸어 놓고 '고직아' 하고 부른 뒤 대답하는 사람에게 은자 백 냥을 달래서 그 돈으로 장사하라고 일러 준다. 그리고 매일 한 냥씩만 고직에게 받아서 늙은 어머니를 받들어 모시라고 알려 준다. 그 대신 지금까지 말한 것보다 더 달라고 하면 반드시 나쁜 일이 있을 테니 주의하라고 한재경에게 거듭 당부한다.

한재경은 전우치의 말대로 고직에게 받은 은자 백 냥으로 장사하고, 매일 한 냥씩 받아 늙은 어머니와 둘이 잘살 수 있었다. 그런데 먹고살 수만 있으면 좋겠다던 한재경이 많은 돈을 본 순간 마음이 달라진다. 지금보다 더 많은 돈을 가지려고 욕심을 부린다. 한재경이 고직을 불러 백 냥을 더 빌려 달라고 하니, 고직은 허락하지 않고 그림 속으로 들어가 버렸다. 답답한 마음에 한재경이 고직을 계속해서 불렀지만 고직은 그림 밖으로 다시는 나오지 않았다.

고직이 그림 속에서 나오지 않자 한재경은 직접 그림 속으로 들어 돈을 가지고 나오려고 한다. 그러나 그림 속의 문은 한재경이 들어옴과 동시에 닫혀 버린다. 한재경은 지나친 욕심으로 창고에 갇히는 신세가 되고 만 것이다. 갇힌 곳은 바로 국가 기관인 호조에서 관여하는 창고였다. 전우치의 도술적 도움과 한재경의 지나친 욕심이 합쳐져 결국 한재경을 나라 창고의 재산을 훔치는 범인으로 만들었다. 전우치의 선의의 도움이 지나친 욕심을 벌하여 다스리도록 한 셈이다.

전우치는 한재경이 불쌍해서 조금씩 도와주려고 시작한 일인데, 지나친 욕심으로 한재경은 편안한 삶을 뒤로한 채 범인이 되고 말았다. 전우치는 앞에서 밝혔듯이 좋은 뜻의 행동을 하지만 도술을 부려 도와주는 방법은 여전히 옳지 않다. 소생과 설생의 이야기에서는 본인들에게만 피해가 갈 뿐 다른 사람에게는 피해를 입히지 않았는데, 한재경의 이야기에서는 지나친 욕심을 부린 대가를 치르게 하고 나라 창고에 손을 대서 충성스럽지 않은 행동을 하는 계기를 마련했을 뿐만 아니라 한재경을 큰 죄를 지은 죄인으로 만들었기 때문이다.

전우치가 임금에게 충성스럽지 않은 죄를 지었는데도 임금은 오히려 전우치에게 벼슬을 내린다. 충신 전우치의 절개를 꺾으려는 방안이었는데, 문제는 고참 선전관들이 새로 벼슬아치로 온 전우치에게 허참례를 재촉하며 벌어진다.

전우치는 허참례를 지나치게 바라는 고참 선전관들을 혼내 주려고 마음먹고는 잔치를 베푼다고 알려 어느 장소로 모이게 했다. 그러고는 술과 안주를 푸짐히 차려 놓고 계집을 어디선가 무수히 데려와서 앉혔다. 고참 선전관들은 전우치의 행동을 보고 호기 있다며 좋아하다가 갑자기 당황한다. 고참 선전관들 옆에 앉힌 여자들이 다름 아닌 다른 선전관의 아내들이었기 때문이다. 선전관들은 상황을 깨닫고 서로 앞다투어 자리를 빠져나간다. 전우치는 고참 선전관들을 혼내 주어 허참례의 폐해를 알리고, 당대 관리들의 행동을 비판한 것이다.

전우치는 일반 민중의 지나친 욕심은 벌하고 다스리면서 정작 자신의 지나친 욕심에 대해서는 알지 못한다. 전우치 자신의 지나친 욕심과 자신감은 서화담을 만나면서 드러난다.

전우치는 서화담을 만나러 갔다가 그의 아우인 용담과 우연히 도술 경쟁을 한다. 용담이 먼저 제안하나 전우치에게 패하고 만다. 용담이 자신의 능력을 지나치게 믿었기 때문으로, 전우치를 벌로 다스리는 전 단계로 볼 수 있다. 결국 도술 경쟁을 지켜보던 서화담은 동생인 용담이 도술 경쟁에서 지자 자신의 집에 온 손님과 도술 경쟁을 부렸다고 혼낸다. 아마 서화담이 내심 동생이 이기기를 바랐던 듯 보이며, 이러한 심정이 결국 전우치에게 돌아간다.

며칠 뒤 전우치는 서화담을 또다시 찾아간다. 서화담은 전우치에게 화산에 계신 운수 선생에게 문제가 있는 듯하니 다녀오라고 부탁한다. 용담과의 도술 경쟁에서 이긴 전우치는 자신의 도술을 지나치게 믿고 욕심을 부린다. 서화담에게 순식간에 화산에 다녀오겠노라 자신하며 무리하게 약속한다. 바로 자신의 능력을 지나치게 믿고 있었기에 가능했다.

전우치가 여러 가지 변고를 만나 화산을 순식간에 다녀오지 못하자, 서화담이 바로 도술로 공격한다. 어찌 보면 전날 동생 용담에 대한 복수일 수도 있지만, 여기에서는 도술 능력을 지나치게 믿은 전우치의 잘못을 벌하려고 한 것이다. 전우치는 자신의 도술이 서화담에게 미치지 못함을 깨닫고 늙은 어머니를 봉양하도록 살려 달려고 애원한다. 전우치가 뉘우치자, 서화담은 늙은 어머니를 잘 받들어 모시고 돌아가신 뒤 같이 영주산에 들어가자고 제안한다. 전우치가 다른 사람들을 벌하여 다스리듯 서화담도 전우치가 진정으로 뉘우치도록 벌하여 다스린 것이다.

결국 『전우치전』에서 벌하여 다스린다는 의미는 다른 사람을 깨우쳐 이끌어 주기 위한 것이 아니라 자신의 지나친 욕심을 스스로 깨닫게 하는 것이다.

● 효와 충, 그리고 불충이 대립하다

『전우치전』에서 한결같이 나오는 내용은 효와 충, 그리고 불충이다. 한 작품 내에 이렇게 대립적으로 내용이 나타나는 경우도 드물 것이다.

전우치는 늙은 어머니를 받들어 모시는 데 한 치도 소홀하지 않다. 자신이 하려 하는 일을 마치고 집에 돌아오면 전우치는 모든 것을 어머니에게 아뢰고 상의한다. 언제나 어머니는 자식의 몸을 걱정하면서 위험한 일은 하지 말라고 이른다. 그렇다고 전우치가 어머니와 함께 일을 꾀하는 것은 아니다.

전우치는 자신의 효뿐만 아니라 다른 사람이 행하는 효도 좋게 여겨, 늙은 어머니나 아버지를 모시고 사는 착한 사람들을 도와준다. 도술을 이용해 옳지 않은 방법으로 이들을 도와주지만, 도움을 받는 이들이 볼 때 전우치는 자신의 부모에게 효를 실행하도록 도와준 인물이다. 전우치의 투철한 효는 자신이 죽을 운명에 처했을 때 자신의 목숨을 구하기도 한다. 임금이 자신에게는 충성스럽지 않은 전우치이지만 늙은 어머니는 잘 받들어 모셨다는 이유를 들어 전우치의 죄를 용서해 주는 것에서 알 수 있다. 임금은 전우치가 늙은 어머니에게 충실히 효를 행한 것을 아주 좋게 여긴다. 전우치는 효에 있어서는 절대적이다.

반면 임금에 대한 충에 대해서는 효만큼 절대적이거나 일방적이지 않다.

옥황상제가 요지의 전각이 오래되어 수리하고자 하는데, 황금 들보가 없어서 고려왕에게 칠월 칠일 오시까지 길이가 십 척 오 촌에 너비가 삼 척 이 촌인 황금 들보를 바치라고 한다.

하지만 옥황상제의 명에도 전우치는 임금이 모은 금으로 만든 황금 들보의 머리 부분을 잘라 성에 들어가 팔려고 한다. 이를 수상하게 여긴 한 포도 장졸이 태수에게 일러 전우치의 집을 알아내 잡으러 가지만, 전우치가 도술을 부려 아무도 잡을 수 없었다. 전우치는 태수에게 순순히 잡혀가는 듯하다가 병 속에 들어가서 임금을 속인다.

전우치는 민중의 눈높이에서는 '의로운 도적'이나, 조정에서 보면 마냥 좋은 인물만은 아니다. 게다가 전우치가 가난한 백성을 도술로 도와준 재원財源은 조정이 관여하는 국고였다. 전우치는 봉건 국가에서 임금의 허락 없이 국고를 제멋대로 사용한 것이다. 더 나아가 국고의 재원이 필요 없자 돈을 청개구리와 뱀으로 변하게 하고 쌀을 곤충으로 바꾸어 놓는다. 그리고 궁녀들의 족도리를 금까마귀로 변하게 하고 임금이 사는 궁에 큰 호랑이가 나타나게 하여 궁녀들이 호랑이를 타는 등 임금이 사는 궁궐을 혼란스럽게 한다.

그러나 전우치의 충성스럽지 않은 행동은 임금에게 벼슬을 받은 뒤 충성의 행동으로 바뀐다.

임금은 전우치의 행동이 죽어 마땅하나 재주가 아까워서 그동안의 죄를 용서하고 벼슬을 준다. 애초에 전우치는 국가에 충성할 마음이 없었을 뿐만 아니라 국고를 헐어서 제멋대로 쓰던 인물이다. 그러나 임금이 지금까지의 모든 일을 덮어 두고 벼슬을 준다고 하자, 전우치는 그전의 충성스럽지 않은 마음은 간데없고 임금에게 충성을 다짐한다. 게다가 도적이 나타나자 자신의 도술을 이용해 도적을 잡아 임금의 근심을 없애려고 스스로 나선다.

전우치는 자신의 어머니에게는 일방적인 효의 모습을 보이지만, 임금에게는 충성과 충성스럽지 않은 행동을 번갈아 한다. 조선 시대의 삼강과 오륜을 보더라도 임금과 신하 관계가 제일 먼저인데, 전우치는 임금과 조정을 조롱거리로 삼고 있다. 이는 '의로운 도적'인 전우치를 예로 들어 현재 임금에 대한 반발의 표시를 하는 것이다. 어찌 보면 일반 대중의 카타르시스를 위한 장치라 하겠다.

● 『전우치전』의 판본

『전우치전』의 이본은 형태로 보면 한문 필사본, 한글 방각본, 한글 필사본, 신활자본 등이 있고, 내용으로 보면 경판본 계열로 일사본, 경판 37장본(한국학중앙연구원본), 22장본, 17장본이 있고, 한글 필사본 계열로는 김동욱 소장본, 박순호 소장본, 사재동 소장본이 있다. 이 중에 선본善本으로 경판본 계열에서는 경판 37장본이, 한글 필사본 계열에서는 김동욱 소장본을 꼽는다. 선본으로 꼽는 이유는 화소가 가장 많기 때문이다.

경판 37장본을 다른 본과 비교한다면 일사본은 경판 37장본과 내용 및 구성이 동일하여 37장본을 대본으로 하여 필사한 것으로 추정할 수 있다. 22장본은 37장본에서 내용을 그대로 가져와 줄인 것으로 추정된다. 17장본은 22장본의 어색한 부분을 보완한 것으로 추정할 수 있다. 한글 필사본은 김동욱 소장본이 가장 이른 시기로 19세기 초반이다. 도교의 유입과 소설 내용을 보면 『전우치전』은 17세기 이후에 성립한 것으로 추측되고, 이어 내용이 계속 보태어지다가 19세기 중엽 방각본이 유행하면서 완전한 형태의 화소가 형성되었다고 보인다. 이 책에서는 한국학중앙연구원에 소장된 경판본 37장본을 선본으로 삼고 번역하였다.

◉『전우치전』의 의의

『전우치전』은 앞에서 밝혔듯이 도술을 중심으로 모든 일을 해결하는데, 민중들은 절대 권력에 어찌할 수 없기 때문이다. 우리는 전우치를 의로운 도적이라 부르지만, 자신의 것을 민중에게 나누어 주는 것이 아니라 양반이나 정부의 것을 도술을 이용해 민중에게 나누어 준다. 아무리 좋은 뜻에서 시작한 일이라도 전우치의 행동은 정당화될 수 없다. 전우치는 나라에 죄를 짓고 임금에게 충성을 행하지 않은 것이다.

반면 전우치는 어머니를 아주 극진한 효로 섬겨, 불충과 비교해 이율배반적인 행동을 보인다. 민중이 어찌할 수 없는 절대 권력에 대항하는 모습을 보여 주어 민중에게 희망을 주려는 장치였다.

그러나 민중의 영웅인 전우치는 서경덕과의 도술 경쟁에서 아주 끔찍하게 패하고 만다. 서경덕은 도학을 완성시킨 인물로, 조선 시대에 누구에게나 우러름을 받았다. 전우치는 민중의 영웅이었지만, 자신의 도술만 믿고 모든 일을 무리하게 진행한다. '과유불급過猶不及'이란 사자성어가 있다. 지나친 것은 미치지 못하는 것만 못하다는 뜻이다. 전우치는 자신의 행동을 정당화하려 했고, 심지어 더 많은 능력이 있음을 자랑하려 하였다. 작가는 바로 이러한 전우치를 경계한 것이다.

『전우치전』이 영화와 드라마로 바뀌면서 현대 사회에서도 인기 있는 것은 시대적 상황이 어찌 보면 좋지 않은 것으로 볼 수 있다. 1980년대 김홍신의 『인간

시장」, 2000년대 허영만의 『각시탈』이 당시의 시대적 영웅이었다면 전우치도 이 같은 역할을 했다고 볼 수 있다. 도술로 모든 일을 해결하는 것이 중요한 것이 아니라 시대적 아픔을 겪는 사람들이 누구인가, 그들에게 어떠한 도움을 주어야 할 것인가를 생각해 보아야 한다. 바로 다음 세상을 이끌어 갈 청소년들이 전우치나 각시탈처럼 불의에 맞서고 함께, 더불어 사는 세상을 만드는 주역이 되기를 바란다.*

---

*조상우, 「'전우치전'의 교육적 가치와 그 활용 방안」, 『동양고전연구 43집』, 동양고전학회, 2011년을 수정하였음을 밝힌다.

최고운전

최충의 아내, 금돼지에게 잡혀갔다 오다

최치원°은 신라 사람으로 문창령 최충°의 아들이다. 애초에 신라왕이 최충을 불러 문창령° 벼슬을 내렸다. 이에 최충은 집으로 돌아와 음식을 먹지 않고 울기만 하였다. 아내가 우는 이유를 물으니 최충이 말하였다.

"당신은 소문을 듣지 못하였소? 내가 듣기로 예부터 문창령은 아내를 잃는 사람이 천 명에 가깝다고 하였소. 나 또한 이와 같은 변고를 당할까 두려워서 그러오."

최충의 아내 또한 근심과 번민으로 능히 먹고 자고 할 수가 없었다. 열흘이 지나 최충은 가족들을 거느리고 문창에 이르렀다.

곧 최충은 고을에 나이 든 사람들을 불러 물었다.

"옛날 이 고을에 아내를 잃는 변고가 있다고 들었소. 과연 이런 변고가 있었는가?"

나이 든 사람들이 대답하였다.

"있었습니다."

최충이 이내 더욱 두려워하여 문창령 고을의 여자 종들에게 자신의 아내를 지키라 하였다. 자신은 밖에 나가 그 임무를 수행하였다.

하루는 바람과 구름이 일어 하늘과 땅이 어두워지고 번개가 몹시도 번쩍거렸다. 최충의 아내를 지키던 여자 종들이 모두 놀라서 엎드렸다. 그러다가 잠깐 일어나 살펴보니 최충의 아내가 벌써 없어졌다. 매우 놀라 여자 종들이 밖으로 나가 최충에게 아뢰었다. 최충도 놀라서 두려운 마음을 스스로 이기지 못하였다.

이 일보다 앞서서 최충은 아내의 손과 자신의 손에 붉은 실을 묶어 두었다. 그런 뒤에 최충은 곧 밖으로 나가 임무를 수행하였다. 최충이 아내를 잃게 되자 고을 아전* 이적李績과 함께 붉은 실을 찾으러 갔다. 마침내 관아* 뒤쪽 바위 구멍 아래에 이르렀다. 다만, 바위 구멍이 막혀서 사람이 들어갈 수가 없자, 최충이 아내를 부르며 통곡하였다. 이적이

최치원(857~?년)　경주 최씨(慶州崔氏)의 시조로 자는 고운(孤雲)·해운(海雲)이다. 879년(헌강왕 5년) 황소(黃巢)의 난 때 고변(高騈)의 종사관(從事官)으로서 〈토황소격문(討黃巢檄文)〉을 초하여 문장가로서 이름을 떨쳤다. 이후 여러 관직을 지내다가 관직을 내놓고 각지를 유랑하다가 가야산에서 여생을 마쳤다.(혹자는 가야산이 경남이 아닌 충남에 있는 '가야산'이라 주장하기도 함) 글씨를 잘 썼으며 〈난랑비서문(鸞郎碑序文)〉은 신라 시대의 화랑도(花郎道)를 말해 주는 귀중한 자료이다. 고려 현종 때 문묘(文廟)에 배향, 문창후(文昌侯)에 추봉되었다. 대표적인 저서로는 『계원필경(桂苑筆耕)』이 있다.

최충(984~1068년)　본관은 해주(海州). 자 호연(浩然). 호 성재(惺齋)·월포(月圃)·방회재(放晦齋). 시호 문헌(文憲). 고려의 문신으로 문장과 글씨에 능하여 해동공자로 불리었다. 법률관들에게 율령을 가르쳐 고려 형법의 기틀을 마련하기도 했으며, 농번기의 공역 금지 등을 상소하여 시행했고, 동여진을 경계하여 국방을 강화 〈거돈사원공국사승묘탑비(居頓寺圓空國師勝妙塔碑)〉(원주), 〈홍경사개창비(弘慶寺開創碑)〉(성환) 등의 글씨가 남아 있고, 저서로는 『최문헌공유고(崔文憲公遺稿)』가 있다. 그런데 소설에서는 역사적인 사실과는 달리 고려 시대 사람인 최충을 최치원의 아버지로 묘사하고 있다.

문창령　최치원의 시호가 '문창후'였기에 소설에서는 이를 바탕으로 문창령이란 벼슬명을 쓰고 있는 것이다.

아전衙前　조선 시대 중앙과 지방의 주(州)·부(府)·군(郡)·현(縣)의 관청에 딸린 하급 관리

관아官衙　조선의 지방 행정 기구의 청사가 위치한 마을

무릎을 꿇으며 위로의 말을 아뢰었다.

"부인을 이미 잃었으니 통곡한들 무슨 소용이 있겠습니까? 제가 나이 드신 분들에게 들었는데, 이 바위는 밤이면 곧 저절로 열린다고 합니다. 공께서는 고을로 돌아가셨다가 밤을 기다려 이곳에 와서 보시는 것이 나을 듯합니다."

최충이 그 말을 듣고서 곧 고을로 돌아왔다. 밤이 되자 최충은 또 바위 구멍 아래로 와서 열다섯 걸음쯤 걷다가 그쳤다. 한참 있다가 우는 소리가 들리는가 싶더니 이윽고 홀연 바윗돌 사이로 촛불 같은 빛이 보여 가서 자세히 보았다. 과연 바위틈이 스스로 열렸다.

최충이 이내 기뻐하며 바위틈을 따라서 그 가운데로 들어갔다. 땅은 넓고도 비옥하였으며 꽃과 나무는 푸르고 무성하였다. 사람은 없고 다만 범상치 않은 새들만 지저귀고 있었다. 삼라만상이 꽃과 가지에 가득 찼다. 최충이 크게 탄식하며 말하였다.

"세상에 어찌 이와 같은 곳이 있겠는가? 틀림없이 신선이 사는 곳이리라."

드디어 최충이 동쪽으로 가서 약 오십 걸음 정도쯤 이르렀다. 큰 집이 하나 있는데, 매우 굳세고 아름다웠다. 바로 하늘의 궁궐과도 같았다.

신선의 음악 소리를 듣고는 최충이 몰래 꽃 사이로 기어들어 갔다. 창밖에 기대어서 틈 사이로 들여다보았다. 금색의 누런 돼지(금돼지)가 최충의 아내 무릎을 베고 돗자리에서 잠을 자고 있었다. 또 아름다운 처녀 수천 명이 앞에 늘어서고 뒤를 에워싸고 있었다.

이 일이 있기 전에 최충이 아내와 함께 약속한 약주머니를 허리띠 안에 차고 있었다. 최충이 드디어 약주머니를 꺼내어 바람에 날아가게 하

118

였다. 최충의 아내가 약주머니의 향내를 맡고서 마음속으로 최충이 온 것을 알고는 눈물을 흘렸다. 이때 금돼지가 잠에서 깨어 물었다.

"이 무슨 인간의 냄새인가?"

최충의 아내가 금돼지에게 속여 말하였다.

"바람이 난꽃에 불어서 냄새가 나는 것입니다. 인간의 냄새가 어찌하여 이곳까지 이르겠습니까?"

금돼지가 또 물었다.

"당신은 무엇이 슬퍼서 울고 있소?"

최충의 아내가 답하였다.

"제가 이곳에 와 보니 인간 세상과는 아주 다릅니다. 저는 인간 세상의 사람이기에 이곳에서 오래도록 살 수 있을지 걱정입니다. 그런 까닭에 우는 것입니다."

금돼지가 말하였다.

"이 땅은 인간이 사는 곳이 아니라 영원히 죽지 않는다. 그러니 슬퍼하지 마라."

최충의 아내가 바로 물었다.

"제가 인간 세상에 있을 때 들었습니다. 신선 세계의 사람들은 호랑이 가죽을 보면 죽는다고 하였습니다. 과연 이 말이 맞습니까?"

금돼지가 말하였다.

"나는 들어 본 적이 없도다. 다만 사슴 가죽을 가지고 따뜻한 물에 적셔서 내 목 뒤에 붙이면 곧 나는 한마디 말도 못 하고 죽고 만다."

금돼지가 말을 마친 뒤 다시 잠들었다. 최충의 아내가 시험해 보고 싶었으나 사슴 가죽이 없음을 한탄하였다. 그때 문득 칼집 끈에 매여 있

는 것이 바로 사슴 가죽임을 보았다. 즉시 최충의 아내가 그 사슴 가죽을 풀어 입속의 침을 이용해 적신 뒤 금돼지의 목에 붙였다. 과연 금돼지가 말 한마디도 못 하고 죽었다.

이에 최충과 그 아내가 고을로 돌아왔다. 옛날에 고을에서 잃어버린 아내들 십여 명도 최충의 덕에 힘입어 함께 고향으로 돌아왔다.

최치원, 어린 나이에
뛰어난 글재주를 보이다

최충의 아내는 집에 돌아온 지 얼마 안 되어 아들을 낳았다. 최충은 집에 있을 때 아내가 이미 임신한 것을 알았는데도 불구하고 금돼지에게 변을 당한 이후의 일이라 생각하였다. 최충은 그 아이를 금돼지의 아들이라 의심하여 바닷가에 버렸다. 그런데 하늘이 그 아이를 보살피고 천녀天女를 보내 젖을 먹여 길렀다.

최충의 아내가 소문을 듣고 최충에게 아뢰었다.

"당신이 처음에 이 아이를 금돼지의 아들로 여겨 바닷가에 버렸습니다. 하지만 실제 금돼지의 아들이 아니었습니다. 하늘이 어둡고 어리석은 그 뜻을 아시고 천녀로 하여금 이 아이에게 젖을 먹여 기르도록 하였습니다. 원하건대 사람을 보내시어서 데려오도록 하십시오."

최충이 깊이 느끼며 말하였다.

"나 또한 데려오고 싶지만 처음에 이 아이를 금돼지의 아들이라고 지명하여 버렸소. 만약 지금 데려온다면 곧 사람들이 반드시 나를 비웃을

것이오. 나는 이를 걱정하고 있소."

최충의 아내가 말하였다.

"당신이 만약 백성의 비웃음 때문에 아이 데려오는 것을 어려워하신다면 원컨대 거짓으로 병을 핑계 삼으세요. 당신은 아전의 집에 옮겨 사시면서 제 말을 따르세요. 비록 이 아이가 돌아온다고 하여도 다른 사람들에게 비웃음을 당할 일은 없을 것입니다."

최충이 아내의 말을 따랐다.

이보다 앞서 영험한 무당이 때마침 관아를 찾아왔다. 최충의 아내가 무당에게 옷을 벗어 주고 그가 사는 곳을 물으니 무당이 말하였다.

"장기동 이 첨지 집 앞에 삽니다."

이때에 이르러 최충 아내가 몰래 사람을 무당집에 부탁하러 보냈다. 이윽고 무당이 최충 집에 이르렀다. 최충 아내가 무당에게 비단 수백 필을 주면서 무당을 설득하였다.

"원컨대 내가 하는 말을 아전들에게 말해 주오. '너희 원님이 낳은 아이를 금돼지 아이로 만들어 바닷가에 버렸다. 그래서 하늘이 너희 원님을 미워하여서 병으로써 벌을 준 것이다. 지금 만약 급히 돌아가서 아이를 데리고 온다면 너희 원님의 병이 곧 나을 것이다. 너희 또한 병에 걸리지 않을 것이다. 그렇지 않으면 다만 너희 원님이 죽을 뿐만 아니라 너희도 모두 죽을 것이다'라고 말이요."

무당이 허락하며 말하였다.

"제가 마땅히 그대로 말하겠습니다."

무당이 드디어 일어나서 나갔다.

최충의 아내가 이 말을 급히 아전들에게 모두 전하였다. 모든 아전이 놀라고 두려워하였다. 모두 최충이 머무는 집에 나아가 통곡하였다. 최충이 여자 종에게 그 이유를 물어보라고 하였다. 모든 아전이 나아가 무릎 꿇고 아뢰었다.

"저희가 영험한 무당에게 물었습니다. 그랬더니 무당이 '너희 원님이 자식을 버린 까닭으로 하늘에 죄를 얻었다. 지금 만약 버렸던 아이를 돌아오게 하라. 그렇지 않으면 곧 너희 원님이 병에 걸리고 반드시 낫지 않을 것이다' 라고 하였습니다. 그런 까닭에 우는 것입니다."

최충이 거짓으로 놀란 체하며 말하였다.

"진실로 이 아이 때문에 내가 만약 하늘에서 병을 얻는다면 내가 마땅히 아이를 데리고 오리라."

최충이 바로 명령하여 이적을 보냈다.

이에 이적 등이 바닷가로 갔으나 아이를 구할 수 없어서 그냥 돌아오려고 하였다. 그때 홀연히 어린아이의 책을 읽는 소리가 들리기에 머리를 돌려 바닷가 섬을 바라보았다. 과연 아이가 혼자 높은 바위에 앉아서 책을 읽고 있었다. 이적 등이 바로 배를 타고 바다를 건너 바위 아래 이르렀다. 배를 정박시키고 올려보며 아이를 불러 말하였다.

"공*의 아버지가 병을 얻어서 고통이 심합니다. 당신을 보고자 하셔서 우리가 지금 공을 모시러 왔습니다."

그 아이가 말하였다.

"부모님이 처음에 저를 의심하여 금돼지의 아들로 여기고 이곳에 버렸습니다. 지금은 제가 부끄럽지 않아서 보시려는 것입니까? 옛날에 양

공公 최충의 아들. 어린아이에게 공이라 부르고 있는 것임

책[*]의 큰 상인인 여불위[*]는 미희가 임신한 것을 알면서도 마침내 진왕에게 바쳤습니다. 일곱 달 만에 미희가 아이를 낳았습니다. 낳은 아이는 진실로 여씨였지만, 진왕은 오히려 버리는 것을 참았다고 합니다. 하물며 자애로우신 우리 어머님은 저를 임신하신 지 석 달 만에 문창에 이르셨습니다. 그리고 얼마 안 되어 금돼지에게 잡혀가셨습니다. 하지만 한 달이 넘어 어머님은 집으로 돌아오셨고 여섯 달 뒤에 제가 태어났습니다. 이러한 사정을 종합해 본다면 곧 제가 어찌 금돼지의 아들이겠습니까? 만약 금돼지의 아들이었다면 곧 저의 귀, 목, 입, 코가 어찌 금돼지와 같지 않겠습니까? 그런데도 아버지는 처음부터 저를 금돼지의 아들로 여기시고 이곳에 버렸습니다. 무엇이 이보다 더 잔인하고 경박한 행동이겠습니까? 그런데 지금 무슨 면목으로 가서 부모님을 뵙겠습니까? 다시 저를 보시고자 한다면 저는 마땅히 바다로 들어갈 것입니다."

이때가 아이 나이 겨우 세 살이었다.

최충이 고을 사람 수백 명을 거느리고 바닷가 입구에 이르렀다. 아이가 바다 섬 위에 누각과 대를 짓고는 누각의 이름을 '망경[●]루'라 하였다. 대의 이름은 '월영[●]대'라 하였다. 최충이 아이를 불렀지만 돌아오지 않았다. 최충이 잘못을 자책하면서 스스로 월영대 아래로 떠나며 아이에게 말하였다.

"내가 너에게 부끄럽도다."

최충이 쇠지팡이를 아이에게 주고 고을로 돌아왔다. 이 일이 있은 지 닷새 만이었다. 하늘에서 선비 수천 명이 월영대 위에 구름같이 모여 각자 배운 것을 다투어 아이에게 가르쳤다. 아이가 크게 문장의 이치를 깨닫고 마침내 최고의 문장가가 되었다. 아이가 항상 쇠지팡이를 가지고 매번 천千 자를 월영대 아래 모래사장에 썼다. 석 자[●]쯤 되던 쇠지팡이가 거의 반半 자가 되었다.

아이의 사람됨은 목소리가 맑고 시와 부를 읊조리는데 운율이 맞지

양책 중국 하남의 한 고을
여불위 국경을 넘나들며 장사를 한 전국 시대 대부호. 진시황의 생부(生父)이다. 여불위는 조(趙)나라의 수도 한단(邯鄲)에서 볼모로 잡혀 있는 진나라 소왕(昭王)의 손자인 자초(子楚)를 만난다. 여불위에게는 여자가 있었는데 임신한 사실을 숨기고 그 여자를 자초에게 준다. 자초는 훗날 장양왕이 되고 임신했던 아이가 진시황이다.
망경望景 경치를 바라본다는 뜻
월영月影 달그림자
자 척(尺). 1척은 30.3cm

않음이 없었다. 어느 날 밤에 피리 소리가 들리자 아이가 이백과 두보의 시를 읊었다. 그 소리를 들은 사람들이 아름답다고 칭찬하지 않는 이가 없었다.

마침 밤중에 중원의 황제가 뒤뜰에 나와 노닐다가 시 읊는 소리를 들었다. 맑고 또 담백해서 옆에 있던 신하에게 물었다.

"어느 곳에서 시를 읊는 소리가 여기까지 들리는가?"

신하들이 대답하였다.

"신라 유생이 시를 읊는 소리입니다."

황제가 말하였다.

"신라는 비록 작은 나라인데도 이런 어진 선비가 있는가. 이같이 만 리 밖에서 읊는 시 소리가 이토록 아름다우니 가까우면 어떻겠는가?"

황제가 오래도록 칭찬하였다.

이에 황제가 중국 재사才士를 신라로 보냈다. 신라 선비와 함께 서로 재주를 겨루어 보고 싶어 여러 신하를 불렀다. 여러 학사° 중 글 짓는 재주가 뛰어난 선비 두 사람을 선발하여 신라로 보냈다.

학사들이 바다를 건너 월영대 아래에 이르렀다. 이윽고 아이에게 물었다.

"너는 어떤 사람이냐?"

아이가 말하였다.

"저는 신라 승상° 나업의 종이오."

중국 학사가 말하였다.

"나이는 몇 살이냐?"

아이가 말하였다.

"여섯 살입니다."

학사가 말하였다.

"네가 학문을 아느냐?"

아이가 말하였다.

"사람이 학문을 알지 못하면 사람이라 이를 수 있습니까?"

학사가 말하였다.

"우리 서로 재주를 시험해 보아도 좋겠느냐?"

이에 시를 지어 학사가 말하였다.

"노는 물결 아래 비친 달빛을 뚫고."

아이가 바로 대응하여 입으로 화답하였다.

"배는 물 가운데 비친 하늘을 누르네."

학사가 또 읊었다.

"물새는 떴다 잠겼다 하고."

아이가 또 화답하였다.

"산 구름은 끊겼다 이어지곤 하네."

학사가 스스로 그 재주가 능히 아이에게 미칠 수 없음을 알았다. 이내 학사가 서로 말하였다.

"나이가 일곱 살도 안 된 아이의 재주가 이같이 아름답다니! 하물며 숙유°나 글 짓는 재주가 뛰어난 사람은 어떻겠는가? 우리가 비록 신라

학사 신라 시대에는 한림(翰林)에 속한 벼슬이다. 고려 시대에도 신라와 마찬가지로 많은 관서에 학사 관직을 두었다. 모두 문신 중에서 뽑힌 뛰어난 학자들이었다. 조선 시대에는 중추원에 속한 종이 품 벼슬이고 조선 후기에도 경연청·규장각·홍문관에 속한 칙임 벼슬이다.
승상丞相 중국의 역대 왕조에서 천자(天子)를 보필하던 최고 관직. 조선의 정승(政丞)과 같다.
숙유宿儒 오랜 경험으로 학식과 덕행이 뛰어나 명망이 높은 선비

에 들어간다고 한들 어찌 능히 대적할 수 있겠는가? 돌아감만 같지 못하리라."

학사가 이내 중원으로 돌아가 황제에게 아뢰었다.

"신라의 선비는 재주가 높고 원대*한 자들이 가히 헤아릴 수 없이 많습니다. 그중에 또 더욱 잘하는 사람들은 비록 신들과 같은 무리 수백 명이 능히 대적할 수 없습니다."

이에 황제가 몹시 화가 나서 신라를 공격하고자 하였다. 솜으로 계란을 에워싸고 돌함에 담아 두었다. 그런 다음 누른 밀랍을 달여서 그 가운데에 부어 움직이지 못하게 하였다. 거기다 다시 구리를 가지고 함 밖에 부어서 열어 보지 못하게 하였다. 그러고는 옥새*를 함 밖에 찍어서 사신을 신라로 보내며 말하였다.

"너희 나라가 능히 함 속의 물건을 연구하여서 시를 지어 바쳐라. 그렇지 못한다면 곧 내가 또 도륙*할 것이니라."

사신이 새서*를 받들고 신라에 이르렀다. 신라왕이 보고는 놀라고 두려워서 나라 안의 유명한 선비를 백호관*에 모이게 하였다. 이에 신라왕이 명을 내려 말하였다.

"여러 유생 중에서 능히 함 속의 물건을 연구하여 시를 짓도록 하라.
내가 관직을 주고 땅을 나누어 주겠노라."

원대遠大 계획이나 희망 따위의 장래성과 규모가 큼
옥새玉璽 옥으로 만든 나라를 대표하는 도장. 국권의 상징으로 국가 문서에 사용하던 임금의 도장
도륙屠戮 사람이나 짐승을 함부로 참혹하게 마구 죽이는 것
새서璽書 옥새를 찍은 칙서(勅書). 칙서는 임금이 특정인에게 훈계하거나 알릴 내용을 적은 글이나
문서를 말한다
백호관白虎觀 중국 후한(後漢) 시대 장제(章帝)는 유학자들을 백호관(白虎觀)에 모아 놓고 오경(五經)을 논
의하게 하였다고 한다.

승상의 집에 들어가
그 딸과 결혼하다

이때 월영대에서 놀고 있던 아이가 경사*로 들어왔다.

승상 나업에게는 딸이 하나 있었다. 미색과 재주가 뛰어나고 행동에 절조가 있었다. 그 아이가 나업의 딸 소문을 듣고는 낡아 빠진 옷을 입고 거짓으로 거울을 고치는 장사치라 하였다. 드디어 그 아이가 승상 집에 들어가 외쳤다.

"거울을 고치시오."

나 승상의 딸이 듣고 거울을 꺼내어서 유모에게 주어 내보냈다. 마침내 나 승상의 딸이 유모를 따라서 중문 안에 나가 사립문에 기대어 틈으로 엿보았다. 그즈음에 그 아이가 홀연 나 승상의 딸 안색을 보고 마음속으로 아름답다 여겼다. 다시 보고 싶어 그 아이가 잡고 있던 거울을 땅에 떨어뜨려 깨뜨렸다.* 유모가 몹시 놀라 이내 성을 내며 때렸다. 그 아이가 슬퍼서 애걸하며 말하였다.

"거울은 이미 깨졌는데 때려서 무슨 이익이 있겠습니까? 원컨대 제가 종이 되어서 이 거울 값을 치르겠습니다."

유모가 들어가 나 승상에게 아뢰니 승상께서 허락하셨다. 이로부터 아이는 스스로 '파경노'°라 불렀다. 나 승상이 파경노에게 말 기르는 것을 명하였다. 그 후로 말들이 모두 살쪄서 한 마리도 수척한 놈이 없었다.

하루는 하늘나라 사람들이 산골짜기에 구름같이 모여들었다. 그들이 말에게 먹일 풀을 다투어 모았는데, 파경노도 같이하였다. 이에 파경노가 야외에서 여러 말을 쫓다가 돌아와 숲 아래에 누워 있었다. 해가 져 가자 여러 말이 파경노가 누워 있는 곳으로 모여들었다. 말들이 모두 파경노를 향해 서서 머리를 숙이고 줄지어 서 있었다. 이를 보고 감탄하지 않는 사람이 없었다.

나 승상의 아내가 이 소문을 듣고 승상에게 아뢰었다.

"파경노의 모양이 기이한 데다 탄복할 만한 일도 많습니다. 비상한 사람이 틀림없습니다. 원컨대 당신은 이 마구간 일을 면제해 주고 천한 일은 시키지 마십시오."

나 승상이 아내의 말을 따랐다.

나 승상이 파경노에게 명하여 화원을 지키도록 하였다. 그 후로 동산의 꽃들이 더욱 무성하여 조금도 시들지 않았다. 봉황도 날아와 꽃가지에 둥지를 틀었다. 파경노가 봉황의 울음소리를 듣고 슬픈 노래를 지어

경사京師 신라의 수도 서라벌(慶州)을 뜻한다.
깨뜨렸다. 파경(破鏡). 원래는 사이가 나빠서 부부가 헤어지는 것을 비유적으로 이르는 말. 그러나
『최고운전』에서는 거울을 깨는 행위가 나 승상의 딸과 결혼하는 계기가 된다.
'파경노破鏡奴' 거울을 깨뜨린 노비라는 뜻

불렀다. 나 승상이 동산에 들어가 꽃을 보며 놀다가 물었다.

"너는 나이가 얼마나 되었느냐?"

파경노가 대답하였다.

"열한 살입니다."

나 승상이 다시 물었다.

"글을 배워서 아느냐?"

파경노가 거짓으로 대답하였다.

"알지 못합니다."

나 승상이 말하였다.

"나는 열한 살 때에 글을 배워 알았다. 너는 어찌하여 글을 알지 못하느냐?"

파경노가 대답하였다.

"저는 일찍이 부모님을 여의었습니다. 글을 배우고 싶었으나 누구에게서 배울 수 있었겠습니까?"

나 승상이 장난삼아 말하였다.

"네가 진실로 글을 배우고 싶다면 곧 가르쳐 주겠노라."

파경노가 대답하였다.

"감히 청하지는 못하지만 진실로 바라는 바였습니다."

나 승상이 웃으며 말하였다.

"알았도다. 알았도다."

나 승상이 돌아가니 파경노 또한 웃고 말았다.

산 지 열흘 만에 파경노는 나 승상의 딸이 동산에 들어가서 꽃구경하기를 바란다는 소리를 들었다. 다만 파경노가 부끄러워하여 과연 하지 못하였다. 파경노는 나 승상의 딸과 같이 동산에 가 보고 싶어서 승상에게 간청하였다.

"제가 여기 온 지 몇 년이 흘렀습니다. 한 번도 부모님 묘소에 성묘를 가지 못하였습니다. 원컨대 어머님을 찾아뵐 수 있도록 겨를을 주시기 바랍니다."

나 승상이 파경노에게 휴가 5일을 주었다.

나 승상의 딸이 파경노가 휴가를 받았다는 소리를 들었다. 이내 동산에 들어가 꽃을 구경하다가 시를 지어 읊었다.

"꽃은 난간 앞에서 웃음을 짓지만 소리가 들리지 않네."

파경노가 꽃 사이에 몰래 엎드려 있다가 갑자기 화답하였다.

"새는 숲 아래에서 울지만 눈물은 보기 어렵네."

나 승상의 딸은 얼굴을 붉히며 부끄러워하고는 달아났다.

그해 봄 2월에 여러 유생이 글을 올려 말하였다.

"아무리 생각해 봐도 함 속의 물건이 무엇인지 시를 지을 수가 없습니다."

왕이 깊이 근심하며 옆에 신하에게 말하였다.

"어진 인재를 어떻게 하면 쉽게 얻을 수 있겠는가?"

신하들이 대답하였다.

"어진 인재는 진실로 쉽게 얻을 수 없습니다. 여러 신하 중에 나업의 문학이 넉넉합니다. 가히 함 속의 물건을 연구하여 시를 지을 수 있을 것입니다."

왕이 그렇다 여기고 곧 나업을 불러 석함을 맡기며 말하였다.

"과인의 여러 신하 중에서 경의 문학 재주가 넉넉하다 들었노라. 이

문제에 대한 시를 지을 수 있을 것이라 하여 석함을 맡기노라. 경은 자못 힘껏 연구하여 시를 지으라. 경이 능히 시를 짓지 못하면 나는 경의 부인을 궁녀로 삼고 너를 죽이겠노라."

나 승상이 집에 돌아와 함을 안고 통곡하였다. 파경노가 듣고 다른 사람에게 물었다.

"통곡하는 소리가 났는데 무슨 일입니까?"

이에 사람들이 다 말해 주었다. 파경노가 자못 기쁜 표정을 지었다.

파경노가 꽃가지를 꺾어 바깥사랑채로 들어갔다. 나 승상의 딸이 턱을 고이고 처량하게 눈물을 흘리며 앉아 있었다. 갑자기 벽 위에 걸어 둔 거울 속 사람 그림자를 보고 마음속으로 놀랐다. 창틈으로 보니 파경노가 꽃가지를 들고 밖에 서 있었다. 나 승상의 딸이 괴이하게 여겨 물었다. 파경노가 무릎을 꿇고 다소곳이 말하였다.

"당신이 이 꽃을 구경하고 싶다는 소리를 들었습니다. 당신을 위하여 꽃을 꺾어 왔습니다. 꽃이 시들기 전에 마음껏 즐기고 보십시오."

나 승상의 딸이 길게 한숨을 쉬었다. 이를 지켜보던 파경노가 위로하며 말하였다.

"거울 속에 비친 사람이 반드시 당신의 근심을 없애 줄 것입니다. 청컨대 걱정하지 마시고 빨리 이 꽃을 받으십시오."

나 승상의 딸이 비록 그 꽃을 받기는 하였으나 매우 부끄러워하며 일어나 나갔다. 조금 있다가 나 승상의 딸이 파경노의 말을 이상하게 여겨 틈을 타서 승상에게 아뢰었다.

"파경노가 비록 어리지만 재주와 학문이 남보다 뛰어나 보입니다. 신선의 기풍 또한 있으니 저는 파경노가 능히 함 속의 물건을 연구하여 시를 지을 수 있으리라 생각합니다."

나 승상이 말하였다.

"네가 이 일을 쉽게 여기기에 이와 같이 말을 하는 게냐? 만약 파경노가 능히 할 수 있는 것이었으면 어찌 이 함을 나에게 맡겼겠느냐? 그리고 천하의 이름난 선비들이 한결같이 시를 지을 수 없었겠느냐?"

나 승상의 딸이 말하였다.

"학이 비록 작은 새이기는 하나 큰 독수리를 살릴 수 있습니다. 파경노 또한 비록 둔하기는 하지만 큰 재주가 있을 줄 어찌 알겠습니까?"

나 승상의 딸이 파경노가 근심하지 말라고 한 말까지 아뢰었다.

"파경노가 만약 이 시를 지을 수 없다면 어찌 이 말을 하였겠습니까? 원하옵건대 파경노를 불러서 시험 삼아 시를 지어 보라 하십시오."

나 승상이 생각해도 자못 그럴듯하였다. 파경노를 불러서 나 승상이 알아듣게 말하였다.

"네가 만약 이 함 속의 물건을 알아내서 시를 짓기만 한다면 후한 상을 주겠다. 또 마땅히 네 뜻을 들어주겠노라."

파경노는 나 승상의 말을 듣지 않고 말하였다.

"비록 중한 상을 주신다고 한들 어찌 능히 시를 지을 수가 있겠습니까?"

나 승상의 딸이 파경노의 말을 듣고 승상에게 아뢰었다.

"무릇 살기를 좋아하고 죽기를 싫어하는 것은 사람의 일반적인 마음입니다. 옛날에 어떤 사람이 형벌을 당하게 되었는데 관리가 물었습니다. '네가 만약 시를 지으면 내가 용서해 주겠노라.' 그 명에 따라 그 사람은 한 글자도 깨우치질 못하였는데도 시를 능히 지었다고 합니다. 하물며 파경노는 문학이 넉넉하여 능히 시를 지을 수 있는데도 거짓으로 지을 수 없다고 합니다. 지금 아버지께서 파경노를 죽이겠다고 위협해 보십시오. 파경노가 어찌 살고자 하는 마음이 없어서 따르지 않겠습니까?"

나 승상도 그렇게 여기고는 파경노를 협박하여 말하였다.

"네가 내 종으로서 내 말을 듣지 않는다면 그 죄로 네 목을 베는 것은 마땅하도다."

나 승상이 다른 종에게 파경노의 목을 베라는 명령을 내리려 하였다. 파경노는 목이 베일까 두려워 거짓으로 허락하였다. 함을 가지고 중문 안에 나가 앉아서 파경노가 혼잣말을 하였다.

"이것이 이른바 적병을 쳐부수자 일을 도모한 신하를 죽이고자 하는 것이로다. 나 같은 놈이야 비록 죽더라도 족히 애석할 것이 없다. 하지만 승상께서는 어찌하실는지 알지 못할 뿐이로다."

때마침 나 승상의 아내˚가 화장실에 가다가 파경노의 말을 들었다. 아내가 나 승상에게 말하였다.

"파경노는 시를 지을 뜻이 없습니다."

나 승상의 아내가 파경노의 말을 아뢰었다.

나 승상이 딸의 유모를 시켜 파경노에게 개인적으로 알아듣게 말하라 하였다. 유모가 파경노에게 말하였다.

"너는 문학적인 재주가 넉넉하여 능히 시를 지을 수 있다. 그런데도

승상의 아내 국립도서관본에는 '아내(妻)'가 빠져 있다. 그러나 글의 내용상 아내가 들어가는 것이 더 낫기에 '妻'가 들어 있는 『최문헌전』(신독재수택본)을 토대로 해석하였음을 밝힌다.

네가 무엇을 하고 싶기에 죽더라도 시를 짓지 않으려고 하느냐? 만약 하고자 하는 것이 있다면 나에게 숨기지 말고 바른대로 말해 보아라. 나는 마땅히 너를 위하여 일을 도모할 것이다."

파경노가 오랫동안 가만히 있다가 말하였다.

"승상께서 만약 나를 사위로 들인다면 바로 나는 반드시 승상을 위하여 시를 짓겠습니다."

딸의 유모가 들어가 나 승상에게 보고하였다. 나 승상이 사나운 소리로 말하였다.

"어찌 종을 사위로 삼을 수 있단 말이냐? 네 말은 잘못이 너무 크도다."

나 승상이 다시 말하였다.

"네가 능히 시를 짓기만 한다면 나는 여러 명의 여자 얼굴을 그려 너에게 보여 주겠다. 그런 뒤에 마음에 드는 여자를 구하여서 반드시 네가 장가들 수 있도록 해 주겠다."

나 승상이 유모보고 나가 파경노에게 말하라고 하였다.

파경노가 웃음을 머금고 말하였다.

"비록 떡을 종이에 그려 놓고 종일토록 본다고 해서 어찌 배가 부르겠습니까? 반드시 떡은 먹은 뒤에야 배가 부른 법입니다."

파경노는 발로 함을 밀어 놓고 드러누워 말하였다.

"제가 비록 몸의 마디마디가 잘린다 해도 능히 시를 짓지 않을 것입니다."

유모가 들어가 승상에게 그대로 아뢰었다. 나 승상이 가만히 있으며 말을 하지 않았다. 이때 나 승상의 딸이 천천히 승상에게 아뢰었다.

"지금 아버지께서 저를 사랑하시어 파경노의 말을 듣지 않으신다면 뒤에 반드시 후회하실 것입니다. 원컨대 파경노의 말을 따르시어 부모님은 길이 부귀를 누리심이 또한 즐겁지 않겠습니까? 예로부터 지금까지 아끼는 것은 오직 인생뿐이니 다른 것은 아끼지 마십시오."

나 승상이 말하였다.

"네 말이 참으로 착하구나. 부모의 마음으로는 천하고 싫어하는 사람을 네 짝으로 삼는 것을 허락할 수 없다. 왜냐하면 네가 반드시 부모를 원망하는 마음이 있을 것이기 때문이다. 그런데 지금 너는 이러한 것을 생각하지 않고 다만 부모의 삶을 위하여 이와 같은 말을 하였다. 진실로 효녀라 이를 만하도다."

이에 나 승상이 아내와 함께 딸의 혼인을 약속하며 말하였다.

"지금 만약 파경노의 말을 듣지 않으면 뒤에 후회할 일이 있을까 두렵소."

나 승상의 아내가 말을 이었다.

"당신의 말이 맞습니다."

나 승상이 시녀에게 물을 데우라 명하였다. 그러고는 파경노의 몸을 씻겨 그 몸의 때를 벗겨 내게 하였다. 다시 수건으로 닦은 뒤에 파경노에게 비단옷을 입히고는 마침내 날을 잡아 혼례를 올렸다.

시를 지어 바치고
중국으로 떠나다

다음 날 아침 나 승상이 신방*에 사람을 보내어 시 짓기를 재촉하였다. 이에 사위(파경노)가 말하였다.

"이 시를 짓는 것이 무엇이 어렵겠는가? 내가 장차 생각해 보리라."

나 승상의 사위가 아내를 시켜 풀을 쑤어 벽에 종이를 붙이게 하였다. 그러고는 스스로 붓을 가져다가 발가락 사이에 끼고는 잠들어 버렸다. 나 승상이 그걸 보고 딸을 불러 말하였다.

"남편이 시를 지었느냐?"

나 승상의 딸이 대답하였다.

"시를 짓다가 지금 잠들었습니다."

나 승상의 딸(이하 소제)이 이내 탁자에 기대어 선잠이 들었다. 꿈에 두 용이 하늘에서 내려와서 함 위에 서로 엉겨 있었다. 또 오색*의 얼룩덜룩한 옷을 입은 동자가 함을 받쳐 들고 서 있었다. 혹은 노래를 부르고 혹은 춤추니 닫혀 있던 함이 갑자기 스스로 열렸다. 조금 있다가 오색의 상서로운 기운이 두 용의 코로부터 발산되어 함 속을 꿰뚫어 비추었다. 이때 붉은 옷을 입고 푸른 두건을 두른 사람이 좌우에 줄지어 서 있었다. 이들이 혹 시를 지어 부르기도 하고 혹은 붓을 잡고 쓰기도 하였다. 이에 사위가 잠에서 깨고 이내 풀칠한 벽 위의 종이에 크게 글을 썼다. 마치 용이 날아 움직이는 듯 시를 지었다.

둥글둥글 돌 속의 알이,
반은 옥이고 반은 황금이네.
밤마다 때를 알고 울려고 하나,
정만 머금고 소리를 내지 못하네.

사위가 시를 아내에게 주고 나 승상에게 들여보냈다. 나 승상이 보면서도 믿지 않았다. 소저가 꿈속에서 본 일을 들은 뒤에야 나 승상이 믿었다. 마침내 나 승상이 시를 받들고 대궐에 나아가 왕에게 바쳤다. 왕이 보고 놀라며 말하였다.

"경이 어찌 알고 시를 지었는가?"

나 승상이 대답하였다.

"이 시는 신이 지은 것이 아니고 신의 사위가 지은 것입니다. 그렇기에 신은 사위가 알고 있는 것을 알 수가 없습니다."

신방新房 원문에는 '난방(蘭房)'이라 쓰임. 난방은 난규(蘭閨)라고도 함. 난의 향기가 그윽한 방, 또는 미인의 침실이라는 뜻으로 나 승상의 딸의 방을 가리키므로 신방이다.
오색五色 동양에서는 '오방색(五方色)'이라 하여 다섯 방위를 알리는 색이 있었다. 오방은 동, 서, 남, 북, 중앙. 여기에 다섯 색을 붙여 청, 백, 적, 흑, 황이다. 이를 오방색이라 한다.

왕이 마침내 사신을 보내 시를 받들어 황제에게 바쳤다. 황제가 조금 있다가 말하였다.

"알이라고 한 것은 맞았지만, 정을 머금고 소리를 내지 못하였다는 것은 옳지 않도다."

황제가 함을 쪼개고 그 속에 다 크지 않은 병아리의 형상을 보았다. 그제야 비로소 황제가 "정만 머금고 소리를 내지 못하네"라 한 구절의 의미를 알게 되었다. 황제가 이에 감탄하며 말하였다.

"천하의 기이한 재주로다."

황제가 학사를 불러 시를 보여 주었다. 학사들이 보고 모두 칭찬하고는 글을 올려 아뢰었다.

"대저 무릇 소매 속의 물건은 능히 알 수 있지만, 시를 지을 수 있는 사람은 오히려 드뭅니다. 하물며 신라라는 멀리 떨어져 있는 변방의 사람입니다. 능히 중국의 자세한 일을 알고 이 같은 시를 지었으니 그 재주가 어떠하겠습니까? 중국처럼 큰 나라에서도 이와 같은 재주를 가진 사람은 얻기 어렵습니다. 하물며 변방에 치우쳐 있는 작은 나라에 이와 같은 사람이 있겠습니까? 제 생각에는 이로부터 작은 나라가 장차 큰 나라에 무례하게 할 마음이 있을 것입니다. 원컨대 폐하께서는 이 선비를 부르셔서 능히 어려운 일을 알아낸 이유를 물어보시기 바랍니다."

황제가 마음으로 깊이 그렇게 여기고 곧 신라에 조서를 보내서 시를 지은 선비를 불렀다.

신라왕이 나 승상을 불러 말하였다.

"지금 황제께서 장차 우리나라를 쳐들어오려 하고 또 시 지은 사람을 부른다. 경의 사위가 반드시 가지 않으면 안 된다. 그러나 경의 사위는 아직 어려서 보내기가 어려우니 경이 대신 가지 않겠는가?"

나 승상이 대답하였다.

"신이 생각하기에도 대왕의 말씀이 맞습니다."

나 승상이 드디어 집으로 돌아와 울었다. 또 그 집 사람들에게 일러 말하였다.

"지금 천자˚께서 우리나라에 조서를 보내 시 지은 사람을 부른다. 조정에서는 사위가 아직 어리니 보낼 수 없다고 한다. 그러니 내가 갈 수밖에 없으나 한 번 가면 다시 살아 돌아올 수 없다. 이를 장차 어찌하면 좋겠느냐?"

소저가 물러 나와 최랑(이하 남편)에게 말하였다.

"당신이 시를 어떻게 지었기에 지금 황제께서 시 지은 사람을 부르라는 조서를 내리셨나요? 승상께서 대신 중국에 가신다는 말을 하시니 어떻게 하면 좋을까요?

남편이 말하였다.

"승상께서 대신 중국에 가신다면 곧 능히 살아 돌아오시지 못할 것입니다. 반드시 큰 화가 있을 것이니 내가 가야 합니다."

소저가 말하였다.

"당신이 지금 저를 버리고 떠나신다면 능히 다시 볼 수 있겠습니까?"

소저가 이내 처량하게 눈물을 흘렸다.

남편이 소저를 위로하였다.

"당신은 알지 못하오. 옛사람들의 말에 이르기를, '하늘이 나 같은 재주 있는 사람을 낼 때는 반드시 쓸 데가 있다'고 하였잖소. 내가 지금 중국에 들어가면 천자가 나를 쓸 것이오. 벼슬이 크면 왕후에 봉해질 것이고, 작으면 장수나 재상이 될 것이오. 여기에 돌아와서 내가 당신에게 그 모습을 보여 줄 것이니 이 또한 즐겁지 않겠소? 대장부가 천하를 돌아다니며 구경하는 것은 예로부터 있던 일이오. 내가 이처럼 가는 것 또한 대장부의 떳떳한 도리요. 어찌 돌아오지 못할 이유가 있겠소이까? 원컨대 당신은 걱정하지 마시오."

승상이 대신 갈 수 없는 상황을 소저에게 말하였다.

"이로써 내가 가야 하는 것이 옳다는 것을 승상께 아뢰어 주시오."

소저가 마침내 허락하고 상방˚에 들어가 나 승상에게 아뢰었다.

"남편의 말이 여차여차합니다."

나 승상이 그 말을 좋게 여기어 말하였다.

"최랑이 이처럼 충성스러운 말을 한 것을 보면 참으로 어진 사람이도다."

나 승상이 대궐로 들어가 아뢰었다.

"신은 사위를 보내려고 합니다."

왕이 말하였다.

"경이 이미 사위 대신 간다고 하고서는 다시 사위를 보내고자 함은 어째서인고?"

나 승상이 아뢰었다.

"신의 사위가 비록 어리기는 하지만 재주와 학식이 신보다 백 배는 더 낫습니다. 또한 함 속의 물건을 연구하여 직접 시를 지었습니다. 그

천자天子 중국의 임금을 지칭. 이 명칭은 중국은 문화가 높은 중심(華)이고, 나머지는 오랑캐(夷)라는 화이론(華夷論)에 입각한 것이다. 조선은 제후국으로 자처하였기에 '천자'나 '황제(皇帝)'의 칭호를 사용하지 못하였다.
상방上房 한 집에서 주인이 거처하는 방

러므로 지금 황제께서 만약 시를 다시 짓게 하려고 시 지은 사람을 부르시는 것이라면 곧 신이 비록 대신 갈 수는 있습니다. 그러나 능히 시를 짓지는 못할 것입니다. 이로 인해 우리나라가 체면을 잃을까 걱정스럽습니다. 이 때문에 사위를 보내려고 하는 것입니다."

왕이 나 승상의 말을 옳게 여기고 최랑을 보내기로 하였다.

다음 날 최치원(최랑)이 바로 대궐에 들어가 왕을 뵈었다.

왕이 물었다.

"너는 나이가 몇 살이냐?"

최치원이 아뢰었다.

"열두 살입니다."

왕이 말하였다.

"너의 나이가 이와 같은데 비록 중국에 들어간다고 하나 장차 무슨 일을 할 수 있겠느냐?"

최치원이 아뢰었다.

"진실로 나이와 몸의 크기로 일을 한다고 해 보십시오. 나이가 많고 몸이 건장한 천하의 선비들도 능히 함 속의 물건을 연구하여 시를 짓지 못하였습니다. 그 까닭은 무엇 때문이겠습니까?"

왕이 놀라서 시험 삼아 물어보았다.

"네가 중국에 들어가면 장차 무엇으로써 황제에게 대답하겠느냐?"

최치원이 아뢰었다.

"무릇 어른이 어린이에게 있어서 어른은 어른의 이치로써 어린이를 대우합니다. 즉 어린이 또한 어린이의 이치로써 어른을 섬길 것입니다. 그러므로 지금 대국이 어른의 이치로써 소국을 대우한다고 해 보십시오. 소국이 어찌 감히 어린이의 이치로써 대국을 섬기지 않겠습니까? 그런데 이처럼 하지 않고 침략하고자 하여 함 속에 계란을 담아서 우리나라에 보내고 시를 지으라고 했습니다. 그러고서 그 뒤에 도리어 미워하여 시 지은 사람을 부른 것은 무엇 때문이겠습니까? 대국이 일을 뒤집어서 소국에게 어린이의 이치로써 대한다고 해 보십시오. 이는 나무를 타고 올라가서 물고기를 구하는 것과 같은 것입니다. 신은 이것으로써 황제에게 아뢰려고 합니다."

왕이 그 말을 크게 기특하다 여겼다. 용상에서 내려와 왕이 손을 잡고 최치원에게 말하였다.

"네가 중국에 들어간 뒤에 너는 너의 집을 연연하지 마라.* 내가 마땅히 요역*을 면해 주고 다만 네가 돌아올 때까지 옷과 곡식을 주겠노라. 중국으로 감에 있어서 장차 어떤 것을 노자로 받겠느냐?"

최치원이 사양하며 아뢰었다.

"다른 물건은 바라지 않겠습니다. 단지 50척 크기의 모자를 원합니다."

왕이 즉시 만들어 최치원에게 주었다.

최치원이 왕에게 절하고 나와 스스로 일컫기를 '신라의 문장 최치원'이라 하였다. 장차 최치원이 중국으로 향하여 가다가 바닷가에 이르렀다. 인족*들이 와서 최치원을 맞아 주며 술자리를 차려 놓고 중국으

집을 연연하지 마라. 원문은 '汝戀家'이다. 그런데 이렇게 하면 내용이 이상해지기에 『최문헌전』의 교열자는 원문을 '汝無戀汝家'로 고쳐 놓았다고 한다. 어찌 보면 난(鸞)과 연(戀)을 혼동하여 필사한 것에서 비롯한 오류라 볼 수 있다.(정학성, 「17세기 한문소설집」, 삼경문화사, 2000년, 108쪽 참조) 이 책에서는 『최문헌전』의 교열을 따랐다.
요역了役　나라에서 백성에게 시키던 노동
인족姻族　인척(姻戚)과 같은 말. 곧 혼인에 의하여 맺어진 친척. 여기에서는 나 승상의 집안을 뜻한다.

로 가는 것을 전별[*]하였다.

나 소저가 속에 품은 이별의 감정을 이기지 못하고 시를 지어 말하였다.

흰 갈매기 쌍쌍이 바닷가를 떠도는데,
외로운 돛배 가다가 푸른 하늘에 의지하네.
이별주와 느린 노래에 마음 좋지 않고,
긴긴 해에 시름이 쌓여 밤에 어이 잘거나.

전별餞別 잔치를 베풀어 작별함
신방 원문에는 동방(洞房). 동방화촉(洞房華燭)의 준말

최치원 또한 시를 지어 나 소저를 위로하며 말하였다.

신방*에서 밤마다 근심하지 마시오,
예쁘고 꽃다운 얼굴 시들고 늙을까 걱정이오.
이번에 가면 공명을 마땅히 차지할 것이니,
당신과 함께 부귀 누리며 기쁘게 살리라.

용왕의 아들 이목을 만나
위이도를 구하다

드디어 최치원이 배를 타고 바다를 건너 첨성도 아래에 이르렀다. 배가
돌며 흘러가지 않았다. 최치원이 정장˚에게 물으니 정장이 대답하였다.

"신룡이 이 섬 아래에 있다고 들었습니다. 제 생각으로는 이 용이 한
짓으로 사료됩니다. 원컨대 공께서는 용에게 선물을 하고 비십시오.˚"

최치원이 정장의 말에 따라서 드디어 배에서 내려 섬에 올랐다. 섬 위
에는 나이 어린 유생이 손을 맞잡고 서 있었다. 최치원이 괴이하게 여
겨 어린 유생에게 물었다.

"너는 어떤 사람인가?"

유생이 무릎을 꿇고 절하며 답하였다.

"저는 용왕의 아들 이목˚입니다."

최치원이 또 물었다.

"너는 어찌하여 이곳에 있는가?"

이목이 대답하였다.

"지금 선생이 천하의 문장이라고 들었습니다. 장차 선생이 이곳에 도착하신다고 하여 기다리고 있었습니다. 배움을 받고자 하여 이곳에 이르렀습니다."

이목이 다시 말하였다.

"우리가 사는 땅은 인간이 사는 땅과 달라서 공자의 배움이 없습니다. 글을 배우고자 하여도 배울 방도가 없습니다. 이로써 제가 항상 스스로 탄식하여 말하였습니다. '내가 무슨 죄를 지었기에 이 땅에 잘못 태어나서 공자의 배움을 얻을 수 없는가?' 그런데 지금 천하의 문장을 우연히 만났습니다. 이 어찌 하늘이 저에게 성인의 도를 들을 수 있도록 한 것이 아니겠습니까?"

이목이 신중히 최치원을 공경하는 예로써 맞이하며 용궁으로 들어가려 하였다. 최치원이 갈 길이 바쁘다 사양하니 유생이 억지로 청하였다.

"원컨대 잠깐 들어가서 머무르시면 됩니다."

최치원이 용궁에 들어가는 것을 어쩔 수 없이 허락하며 물었다.

"너의 집이 어디에 있느냐?"

이목이 대답하였다.

"집이 물 밑에 있습니다."

최치원이 말하였다.

"그렇다면 어느 곳을 따라 들어가느냐?"

정장亭長 역정(驛亭)의 우두머리를 일컫는다. 역정은 역참(驛站)이라고도 한다. 말을 교대하던 곳이다.
신룡이~비십시오. 원문은 '수(壽)'로 되어 있다. 장수를 위해 선물을 드린다는 뜻이 있어 이에 따라 번역하였다. 『최문헌전』에는 '제(祭)'로 되어 있다.
이목 '이무기'를 연상하여 지은 이름

유생이 말하였다.

"원컨대 제 등에 타시고 조금만 눈을 감고 계시면 들어갈 수 있습니다."

최치원이 유생의 말을 따랐다.

유생이 최치원을 업고 바위 아래를 따라 물속으로 들어가 용궁 앞에 이르렀다. 유생이 말하였다.

"이미 도착하였습니다."

드디어 최치원이 눈을 뜨자 바로 용궁의 문 아래에 이르렀다. 계단 아래에 서서 유생이 들어가 알렸다. 용왕이 몹시 놀라서 달려 나와 절하고 마침내 최치원을 궁으로 안내하였다. 용상에 마주 앉아 최치원에게 술자리를 베풀고 위로하였다. 최치원이 급히 가야 하기에 이별을 알리니 용왕이 말하였다.

"문장께서 다행히 우리 누추한 집까지 와 주셨습니다. 며칠 머무르시지도 않고 갑자기 작별하니 제 마음이 슬픕니다."

다시 용왕이 말하였다.

"저의 둘째 아들 이목이 다른 사람보다 재주가 뛰어납니다. 원컨대 같이 가시기 바랍니다. 만약 큰 변고가 있다면 능히 막을 수 있을 것입니다."

최치원이 말하였다.

"명대로 하겠습니다."

마침내 최치원이 이목과 함께 떠나 처음 만났던 곳으로 돌아와 이르렀다. 정장이 바위 아래에 배를 대어 놓고 울고 있었다. 이때 최치원을 보고는 정장이 기뻐하며 말하였다.

"공은 어디에서 오셨습니까?"

최치원이 말하였다.

"선동˚에서 왔다네."

정장이 말하였다.

"어제 공˚께서 장차 섬 위에서 제사를 지내려고 하였습니다. 그런데 갑자기 광풍이 일어나서 흰 물결이 일렁이며 용솟음치더니 바다가 낮인데도 어두웠습니다. 저는 반드시 제사가 효험을 얻지 못해서 이처럼 큰 변고를 만났다고 여겼습니다. 그래서 울고 있었는데, 지금 우연히 공을 뵙게 되니 다행스러워 이루 말을 다하지 못하겠습니다."

정장이 이내 물었다.

"저 옆에 계신 분은 어떤 분인지 알지 못하겠습니다."

최치원이 말하였다.

"용궁 수부水府의 현인賢人이라네."

정장이 말하였다.

"그런데 어떻게 여기까지 왔습니까?"

최치원이 말하였다.

"내가 장차 중국으로 간다는 소문을 듣고 지금 나를 보기 위하여 이

선동仙洞 신선이 산다는 고을. 『최문헌전』에는 '수궁(水宮)'이라 씌어 있다.
공 원문에는 '명공(明公)'. 듣는 이가 높은 벼슬아치일 때, 그 사람을 높여 이르던 이인칭 대명사

곳에 왔다네. 어제 바람이 불고 낮인데도 어두웠던 것은 이 사람이 여기에 왔기 때문이라네."

마침내 최치원이 배를 띄워 가니 오색의 구름 기운이 항상 돛 위에 서렸다.

최치원이 위이도에 이르렀는데 마침 아주 가물어서 만물이 빨갛게 다 타 들어갔다. 그 섬의 사람들이 최 문장이 도착하였다는 소리를 듣고 다투어 달려와 맞이하며 말하였다.

"이 섬의 사람들은 가뭄의 고통을 이기지 못하여 모두 죽을 위험에 빠졌습니다. 죽지 않은 사람들이 사방으로 흩어져서 이 섬이 장차 비게 되었습니다. 다행히 지금 천하의 현인을 만났습니다. 몰래 공이 비가 내리는 은택을 베푸시어 장차 죽을 목숨을 연장할 수 있도록 해 주십시오. 또 우리가 듣기에 현인과 문장은 진실로 지성으로 기도를 한다면 하늘이 반드시 반응을 보인다고 하였습니다. 공에게 힘입어 비를 얻을 수 있다면 그 은덕을 어찌 헤아릴 수 있겠습니까?"

최치원이 이목에게 말하였다.

"용왕이 그대가 능력이 많다고 이르셨다. 원컨대 그대가 뛰어난 역량을 발휘하여 비를 뿌려 주시오. 이 섬에서 장차 죽어 가는 사람들을 구해 주시오."

이목이 그 명에 따라서 마침내 산속으로 들어갔다. 조금 있다가 검은 구름이 해를 가리고 하늘과 땅이 어두워지더니 비가 퍼붓듯이 내렸다. 조금 만에 물이 불어나니 섬사람들이 매우 기뻐하였다.

산속에서 나와 이목이 최치원의 곁에 앉았다. 조금 뒤에 구름 기운雲氣이 다시 합쳐져서 벼락이 치는 소리가 우렁차더니 비가 처음처럼 내렸다. 조금 뒤 푸른 옷을 입은 중이 붉은 칼을 지니고 내려와 이목에게 말하였다.

"나는 천제께 장차 네 목을 베라는 명을 받았다."

중이 칼을 휘두르며 나왔다. 이목이 두려워 최치원에게 말하였다.

"나는 선생의 명을 어길 수 없어서 하늘의 명을 받지 않고 제 마음대로 비를 뿌렸습니다. 하늘이 저를 미워하여서 제가 장차 천제의 명을 사칭하는° 죄를 짓게 되었습니다. 이를 어찌합니까?"

최치원이 말하였다.

"너는 걱정하지 마라. 조금 있다가 변신하여 몸을 피하면 벌을 면할 수 있을 것이다."

이목이 그 말을 따라 푸른 뱀으로 변하여 최치원이 앉은 자리 밑에 숨었다. 하늘에서 온 중天僧이 최치원에게 말하였다.

"천제께서 나를 보내신 까닭은 이목을 죽여서 죄를 바로잡으려는 것입니다. 그런데 지금 이목을 숨겨 주시고 내놓지 않으시면 어떻게 하십니까?"

최치원이 말하였다.

"이목이 어떤 죄가 있기에 천제께서 죽이려고 하십니까?"

천승이 말하였다.

"이 섬의 사람들은 부모에게 효도하지 않고 형제가 화목하지도 않습니다. 탐욕스럽고 잔악한 사람들을 속이고 웃어른을 능멸하여 풍속이 몹시 나쁩니다. 그 까닭에 천제께서 예전부터 비를 내리지 않으신 것입니다. 지금 이목이 천제의 명을 사칭하여 비를 뿌렸습니다. 그 까닭에 하늘이 이목을 미워하고 저에게 명하여 죽이라고 하신 것입니다."

최치원이 말하였다.

"나는 이 섬의 사람들을 위하여 이목에게 비를 내리게 해 달라고 명하였다. 죄가 나에게 있고 이목에게 있지 않도다. 네가 만약 죽이고자 한다면 나를 죽이는 것이 옳도다."

천승이 말하였다.

"천제께서 저에게 명하셨습니다. '최치원이 천상에 있을 때에 조그마한 죄를 지어서 인간 세상에 귀양을 간 것이다. 본래 인간 세상의 보잘것없는 사람이 아니다. 네가 이목을 죽일 때 만약 최치원이 간청을 한다면 신중히 행동하고 죽이지 마라.'"

천승이 이내 작별하고 하늘로 돌아갔다.

이목이 다시 사람으로 변하여서 최치원에게 물었다.

"선생이 하늘에 계실 때에 어떤 죄를 지으셨기에 인간 세상에 내려오셨습니까?"

최치원이 말하였다.

"월궁®에 계화가 아직 피지 않는데, 이미 꽃이 피었다고 거짓으로 아뢰었네. 그 거짓말 때문에 천제께서 죄를 주셨다네."

최치원이 이목에게 말하였다.

"그대가 비록 용왕의 아들이라고는 하지만 나는 일찍이 용의 모습을 보지 못하였다. 그대가 나를 위하여 용의 모습을 보여 줄 수 있겠는가?"

명을 사칭하다 원문에는 '교제(矯制)'. 교지(矯旨)와 같은 말로 조선 시대 왕명을 잘못 전달하거나 왕명을 사칭하는 일
월궁月宮 전설상 달에 있다는 궁전

이목이 말하였다.

"보고 싶어 하신다면 어려운 일은 아닙니다. 다만 선생께서 놀라실까 걱정이 됩니다."

최치원이 말하였다.

"무릇 천승의 위압에도 내가 오히려 두려워하지 않았다. 하물며 너의 몸을 보고 두려워하겠느냐?"

이목이 말하였다.

"그렇다면 제가 보여 드리겠습니다."

이목이 산속으로 들어가서 금룡으로 변한 후에 최치원을 불렀다. 최치원이 가서 보고는 곧 정신을 잃고 땅에 쓰러졌다. 잠시 뒤에 최치원이 다시 깨어나 이목에게 말하였다.

"내가 혼자 가고자 하니 너는 속히 돌아가거라."

이목이 말하였다.

"아버님이 처음에 저에게 선생님을 모시라 하셨습니다. 선생님이 혼자 가시는 것을 보호해 드리라 하셨습니다. 어찌 제가 선생님께서 중국에 도착하기도 전에 차마 버려두고 돌아갈 수 있겠습니까?"

최치원이 말하였다.

"지금 내가 거의 중국 근처까지 왔네. 자네가 할 만한 일도 없네. 돌아가는 것이 좋겠네."

이목이 말하였다.

"선생님이 반드시 돌아가라고 명령을 하신다면 감히 명령을 어기지 않겠습니다. 다만 제가 비록 용맹하나 일찍이 시험해 본 적이 없습니다. 지금 선생님께 시험 삼아 보여 드리고 싶습니다. 어떠십니까?"

최치원이 허락하였다.

이목이 그 몸을 변하여 큰 청룡이 되어 뛰어오르며 크게 소리치며 하늘과 땅을 진동시키더니 이목이 떠나갔다.

도움을 얻어
여러 관문을 통과하다

최치원이 강물이 끊어지는 곳에 있는 집에 이르러 쉬고 있었다. 한 노파가 술을 들고 와서 주고는 간장에 담갔던 솜을 주며 말하였다.

"이 물건이 비록 작지만 반드시 쓸 곳이 있을 것이네. 신중히 간직하고 잃어버리지 말게나."

최치원이 말하였다.

"삼가 가르침을 받잡겠습니다."

최치원이 노파와 작별하고 떠나 산언덕에 이르렀다. 길 옆집에 사는 노인이 팔을 끼고 앉아서 물었다.

"어린아이가 장차 어디로 가느냐?"

최치원이 말하였다.

"중국으로 갑니다."

노인이 탄식하며 말하였다.

"네가 중국에 들어가면 반드시 근심이 있을 것이다. 만약 삼가지 않으면 너는 살아서 돌아오기 어려울 것이다."

최치원이 절하고 그 이유를 물으니 노인이 말하였다.

"네가 한 닷새를 가면 길에서 큰물을 만날 것이다. 그 곁에 아리따운 여인이 왼손에는 거울을 들고, 오른손에는 옥을 들고 앉아 있을 것이다. 네가 그 여인을 보고 정성을 다해 절하고 묻는다면 그 여인이 반드시 자세하게 가르쳐 줄 것이다."

최치원이 길을 간 지 닷새 만에 과연 큰 물가에 한 미인이 옥을 들고 앉아 있었다. 공이 이내 절하니 여자가 물었다.

"당신은 어디 사람입니까?"

최치원이 말하였다.

"저는 신라 최치원입니다."

여자가 다시 물었다.

"장차 어디로 가십니까?"

최치원이 답하였다.

"중국에 갑니다."

여자가 말하였다.

"장차 무슨 일로 가십니까?"

최치원이 그 연유를 다 아뢰었다. 여자가 경계하며 말하였다.

"무릇 중국은 큰 나라라 작은 나라와는 다릅니다. 지금 천자께서 그대가 이른다는 것을 듣고 반드시 아홉 개의 문을 설치한 연후에야 당신을 맞아들일 것입니다. 당신은 그 문을 들어설 때 신중히 하며 마음을 놓지 마십시오. 앞으로 큰 근심이 생길 수 있습니다."

여자가 주머니 속에 지니고 있던 것 중에서 부적을 찾아 꺼내어 주며 주의하라고 당부했다.

"당신이 다섯 번째 문에 이르면 파란색 부적을 던지고, 세 번째 문에 이르면 흰색 부적을 던지시오. 또 네 번째 문에 이르면 황색 부적을 던지고, 나머지 문에 이르면 시로써 다른 사람들 말에 답하시오. 그러면 재앙이 사그라질 것이오."

여자가 말을 마치고는 갑자기 보이지 않았다.

최치원이 낙양*에 이르렀다. 학사가 최치원에게 물었다.

"해와 달은 하늘에 달려 있습니다. 하늘은 어느 곳에 달려 있습니까?"

최치원이 답하였다.

"산과 내는 땅에 실려 있습니다. 땅은 어느 곳에 실려 있겠습니까? 당신이 먼저 땅이 실려 있는 곳을 말씀하십시오. 그러면 저도 하늘이 매여 있는 곳을 말하겠습니다."

학사는 대답하지 못하였다.

최 문장이 이르렀다는 소리를 듣고는 천자가 속이고자 하였다. 천자가 세 번째 문 안에 몇 길의 구덩이를 파 놓았다. 그 가운데 악기 다루는 사람들을 들여보내며 경계하여 말하였다.

"최치원이 들어올 때에 극진하게 음악을 연주하여 그 마음을 혼란스럽게 하여라."

천자가 주의를 다 주고 나무판으로 구덩이를 덮고 그 위에 흙을 뿌렸다.

천자가 네 번째 문 안에 비단 장막을 설치하였다. 그 안에 코끼리를

낙양洛陽 하남성(河南省) 서부에 있는 도시. 동주와 후한 그리고 육조 시대의 옛 수도

들어가게 한 뒤 천자가 최치원을 불렀다. 최치원이 장차 문에 들어서려고 할 때였다. 쓰고 있던 모자가 문에 걸렸다. 이에 최치원이 한탄하며 아뢰었다.

"비록 작은 나라의 문에서도 내 모자가 걸리지 않았습니다. 하물며 대국의 문에서 제 모자가 걸리다니요?"

최치원이 서서 문으로 들어가지 않았다.

황제가 이를 듣고는 매우 부끄럽게 여겨 곧 문을 부수라고 명령하였다. 그런 뒤에 다시 황제가 최치원을 불렀다. 최치원이 세 번째 문에 들어섰을 때였다. 갑자기 땅속에서 음악 소리가 들렸다. 최치원이 파란색 부적을 던지니 곧 그 소리가 멈추었다.

최치원이 네 번째 문에 이르렀다. 장막 속에 숨겨 둔 흰 코끼리[*]를 보고 최치원이 바로 황색 부적을 던졌다. 그 부적이 노란 구렁이로 변하여 코끼리의 입을 묶었다. 코끼리가 입을 벌릴 수 없게 되자 바로 문으로 들어갈 수 있었다.

최치원이 네 번째 문으로 들어가는 것을 막을 수 없었다는 것을 황제도 들었다. 황제가 놀라며 말하였다.

"진실로 하늘이 알아줄 만한 사람이도다."

최치원이 다섯 번째 문 안에 이르렀다. 학사들이 좌우에 줄지어 가득 서서 서로 다투어 말하였다. 최치원이 그 말에 응대하지 않고 오직 시를 지어 주었다. 잠깐 사이이지만 지은 시가 이루 다 기록할 수 없을 정도였다.

흰 코끼리 백상(白象). 불교에서 흰 코끼리는 위용과 덕을 상징하는 동물. 『최고운전』의 작가는 성리학의 나라에서 이단(異端)인 불교의 상징물을 등장시켜 바람직하지 못함을 드러내기 위한 장치로도 보인다.

황제에게 신라인의 재주를 알린 후 속세를 떠나다

최치원이 황제 앞에 이르렀다. 황제가 용상 아래에서 최치원을 맞이하여 상좌에 앉게 하였다.

황제가 물었다.

"경이 함 속의 물건을 알고서 시를 지었는가?"

최치원이 아뢰었다.

"네."

황제가 다시 물었다.

"어떻게 알았는가?"

최치원이 아뢰었다.

"신이 들었습니다. '무릇 어진 사람은 비록 하늘 위의 물건이라도 오히려 능히 알 수 있다'고 말입니다. 신이 비록 똑똑하지는 못하지만 어찌 함 속의 물건을 알지 못하여 시를 짓지 못하겠습니까?"

황제가 깊이 감탄하며 또 물었다.

"경이 세 번째 문으로 들어설 때 음악 소리가 들리지 않던가?"

최치원이 아뢰었다.

"듣지 못하였습니다."

황제가 세 번째 문 안 땅속에 있던 악기 다루던 사람을 불러 국문*하였다. 이에 모두 말하였다.

"우리가 함께 연주를 할 즈음이었습니다. 파란색, 붉은색, 흰색 옷을 입은 사람들 수천 명이 와서 우리를 끈으로 묶으며 '큰 손님이 오시는데 음악을 연주하지 마라'라고 말하였습니다."

황제가 몹시 놀라며 사람들에게 가서 구덩이 속을 보라고 하였다. 구덩이에 큰 뱀이 가득 차 있었다. 황제가 몹시 기이하게 여기며 말하였다.

"최치원은 비상한 사람이다. 소홀히 대접하지 마라."

최치원에게 벼슬에 따라 하던 휘장과 음식을 모두 천자와 같이하도록 하였다.

하루는 황제가 최치원과 함께 종일 말을 하였다. 행동거지가 정숙하고 말하기가 과묵한 것이 일반인과는 달랐다.* 황제는 지난번 일이 확실하기는 하지만 '짐*이 직접 보지 못하였으니 족히 다 믿지는 못하겠다. 직접 짐이 시험해 보리라'고 하였다. 황제가 밥 먹을 때 먼저 음식에 독을 넣고 음식을 올렸다. 최치원이 이를 알고 그 음식을 먹지 않았다. 황제가 음식을 먹지 않는 이유를 물으니 최치원이 아뢰었다.

"독물이 음식에 있기에 먹지 않았습니다."

황제가 말하였다.

"어떻게 알았느냐?"

최치원이 대답하였다.

"제가 장막 위에 새가 우는 소리로 점쳐서 알았습니다."

황제가 앞자리를 비워 놓고 말하였다.

"짐이 경의 재주를 보기 전에는 내가 더 낫다고 여겼다. 그런데 지금 보니 내가 경의 재주에 미치지 못하도다."

황제가 최치원을 더욱 후하게 대우하였다.

그해 가을에 천하 유생들이 크게 모여 과시*를 열었다. 유생이 팔만 오천팔백 명이었다. 최치원이 참석하여 장원을 하니 황제가 말하였다.

"최치원이 작은 나라의 선비로서 장원을 하였다. 매우 기이한 일이로다."

황제가 최치원에게 많은 액수*의 상금을 내렸다.

황제가 급제한 선비들을 대궐 앞에 모아 놓고 시를 지으라 하였다. 그때 갑자기 두 마리 용이 하늘에서 내려와서 최치원이 지은 시를 가지고 하늘로 올라갔다. 황제가 이를 듣고는 최치원을 불러서 말하였다.

"경은 어떻게 시를 지었기에 하늘에서 가져갔는가?"

황제가 최치원에게 그 시를 읊게 하였다. 황제가 곧 탄식하며 말하였다.

국문鞫問　국청(鞫廳)에서 죄가 많은 사람을 신문(訊問)하던 일. 여기서는 천제가 악기를 다루는 사람들에게 정황을 묻는 것

일반인과는 달랐다.　원문은 '無異常人'으로 '일반인과 다름이 없다'인데, 내용상 맞지 않다. 「최문헌전」에는 '如仙風'으로 '신선의 풍모와 같다'고 기록하고 있다. 이를 바탕으로 여기에서는 '일반인과는 달랐다'고 번역했다.

짐朕　임금이 자신을 일컬을 때 쓰는 말. 원래는 일인칭 대명사였지만, 진시황(秦始皇) 이후부터는 임금만 쓸 수 있는 단어가 되었다.

과시科試　과거(科擧)와 같은 말. 우리나라와 중국에서 관리를 뽑을 때 실시하던 시험. 최치원은 당에서 외국인이 보는 874년 빈공과 과거에 급제하였다. 시험은 3단계로 초시(初試, 1차 시험)와 복시(覆試, 2차 시험), 어전시(御殿試, 궁궐에서 보는 3차 시험)가 있었다. 시험 시기는 일반적으로 식년시(式年試)라 하여 3년에 한 번 실시하였다.

액수額數　원문은 '거만(巨萬)'. 만의 곱절이라는 뜻. 많은 수를 비유적으로 이르는 말이다.

"이와 같이 지은 까닭에 하늘이 가져갔구나!"

황제가 마침내 최치원을 문신후에 봉하였다.

몇 년이 지나 황소와 이비 등이 사람 삼만을 모아 군현을 함락시켰다. 이듬해 국가에서 황소와 이비를 토벌하였으나 이기지 못하였다. 이에 황제가 최치원을 장수로 삼아 적을 토벌하라 명하였다. 최치원은 적과 함께 싸우지 않고 오직 격서*를 적에게 보냈는데 적이 다 항복하였다. 최치원이 괴수를 사로잡아서 돌아왔다. 황제가 매우 기뻐하여 식읍을 더 봉해 주었다. 또 황금 만 일*을 내리니 임금의 은혜가 으뜸이었다.

이로 말미암아 대신들이 최치원을 질시하였다. 많은 사람이 거짓말로 최치원에 대해 말하였다.

"최치원은 중국이 비록 크지만 작은 나라만 같지 못하다고 여기고 있습니다."

황제가 몹시 화가 나서 최치원을 바다 남쪽 섬에 귀양 보내고 식량을 끊었다. 늘 최치원은 노구가 준 간장에 적신 솜을 가지고 다녔다. 밤마다 최치원은 솜에 이슬이 머금게 놓았다가 솜을 씹어서 먹었다. 한 달이 지나도 최치원은 굶어 죽지 않았다.

황제가 최치원이 죽었는지 안 죽었는지 알고 싶어 사람을 시켜 최치원을 불렀다. 최치원이 마음속으로 그 의도를 알고 있던 까닭에 작은 소리로 대답하였다. 사자가 돌아와 황제에게 아뢰었다.

"거의 죽어 갑니다."

여러 대신이 최치원을 조롱하며 말하였다.

"작은 나라의 천한 놈인 최치원이 중국에 와서 여러 방법으로 황제를 속였다. 그러고도 요행히 벼슬을 얻어서 자신의 세력을 믿고 사람들을 교만하였다. 도리어 지금은 재앙을 얻어 굶어 죽었다."

마침 하루는 남국의 사신이 조공을 바치러 당에 가다가 최치원이 귀양 간 섬을 지나가게 되었다. 문득 사신이 섬의 산을 보니 유생과 중이 함께 앉아 책을 읽고 있었다. 하늘 선녀 수십 명도 줄지어 서서 노래를 부르고 있었다. 마침 사신이 배를 대고 오래도록 보고 유생에게 시를 부탁하였다. 유생이 시를 지어 주었다.

사신이 당에 이르러 시를 황제에게 바쳤다. 황제가 말하였다.

"어떤 사람이 지은 것인가?"

사신이 대답하였다.

"신이 남해 섬 주위를 지나는데 한 유생이 중과 더불어 앉아 있었습니다. 하늘 선녀 수십 명이 줄지어 서서 단란하게 노래 부르면서 지은 것입니다."

황제가 여러 신하를 불러서 시를 보여 주며 말하였다.

"이 시의 뜻을 보건대 무릇 최치원이 지은 것 같다. 식량을 석 달이나 끊었는데 어찌 살아 있을 수 있는가? 반드시 최치원의 혼령이 지은 것이로다."

황제가 사람을 보내 최치원을 부르게 하였다.

최치원이 대응하여 말하였다.

"너는 무엇을 하는 사람이냐?"

격서檄書 격문(檄文)이라고도 함. 격문은 군병을 모집하거나, 적군을 달래거나 꾸짖기 위한 글. 실제로 최치원은 황소(黃巢)의 난 때 고변(高駢)의 종사관(從事官)으로서 〈토황소격문(討黃巢檄文)〉을 씀
일鎰 중량 단위로 '스물넉 냥'을 뜻한다.

최치원이 꾸짖기를 그치지 않았다.

사신이 돌아와 황제에게 아뢰었다.

"최치원이 다만 죽지 않았을 뿐만 아니라 높은 소리로 대응하였습니다."

황제가 몹시 놀라며 말하였다.

"하늘이 보살펴 주는 사람이도다."

황제가 사신을 보내어 최치원을 낙양으로 돌아오게 하였다. 선실에서 황제가 최치원을 불러 물으며 말하였다.

"경은 밖에 석 달이나 있으면서 어찌 한 번도 꿈속에 보이지 않았는가? 옛말에 '천하가 왕의 신하가 아닌 것이 없고, 나라에 왕의 영토가 아닌 것이 없다' 하였다. 이 말로써 본다면 너는 신라의 사람이다. 신라 또한 나의 땅이고 너의 임금도 곧 나의 신하이다. 네 어찌 내 사신을 꾸짖는가?"

최치원이 '일一' 자를 공중에 써서 그 위로 뛰어오르며 말하였다.

"여기 또한 폐하의 땅입니까?"

황제가 몹시 놀라며 용상에서 내려와 머리를 조아리며 사과하였다.

최치원이 황제에게 아뢰었다.

"폐하께서는 여러 신하가 하던 소인과 관련된 거짓말만을 들어 믿으시었습니다. 신으로 하여금 죽음에 이르게 하셨기에 지금 제 나라로 돌

아가고자 합니다."

최치원이 소매 속에서 '저*' 글자를 꺼내어 땅에 던졌다. 곧 푸른 사자로 변하니 마침내 그 사자를 타고 구름 사이로 올라타서 갔다. 이윽고 최치원이 신라 땅에 이르니 사람들이 시냇가에 모여 있었다. 최치원이 친구에게 물으니 친구가 거짓으로 말하였다.

"임금이 놀러 나오신 것이다."

최치원이 믿고 마침내 가서 뵈니 사냥꾼이었다. 최치원이 친구에게 말하였다.

"내가 너에게 속았구나!"

최치원이 드디어 말을 타고 가서 동문 밖에 이르렀다. 마침 신라왕이 나와 있다가 최치원이 말을 타고 지나가는 것을 보았다. 왕이 최치원을 앞으로 잡아 오라 하고는 꾸짖었다.

"내가 너를 죽이고자 하였으나 그 공이 많아 차마 벌을 줄 수 없도다. 너는 지금부터 이후로 다시는 내가 볼 수 없도록 하라."

이로써 최치원은 사냥 나온 임금을 알아보지 못해 신라왕에게 죄를 얻었다.

마침내 장차 최치원의 집안사람들이 가야산*으로 들어갔다. 갓과 신을 수풀 아래에 두고는 어디로 갔는지 알지 못한다고들 하였다. 기이하고도 기이하였다.

저猪 돼지를 뜻함
가야산 현재 영남 가야산으로 알고 있지만, 몇몇의 학자들은 충남 홍성 지역의 가야산이라고 주장하기도 한다. 홍성 지역에 최치원의 사산비명 중 하나가 있기 때문이다. 최치원의 마지막 모습을 알수 없기에 어느 것이 맞는다고 단언할 수는 없다.

'반중화 의식反中華意識'을 구현한
『최고운전』

●『최고운전』의 형성 배경

『최고운전』은 정병욱이 김집 『수택본 전기집』을 소개하면서부터 이루어졌다.
정병욱은 이 소설을 금저설화(金猪說話), 기아설화(棄兒說話), 파경설화(破鏡說話),
입당설화(入唐說話), 수난설화(受難說話), 귀국설화(歸國說話) 등 6개 설화군으로
파악한 뒤, 최치원이 중국에서 행하는 활약에 대해 '민족의식의 정화' 라고 하
였다.

   김현룡은 『최고운전』에서 중국에 대한 반감을 일으킨 것으로 '명나라에 잘
못 기록된 이성계의 세자 계보를 고쳐 달라고 요구한 일' 을 들고 있다. 이것이
조선의 건국과 관련 있듯, 조선과 중국은 미묘한 역사적 사건으로 자주 문제가
불거지고는 하였다. 두 나라는 가까이 있고 '사대' 의 의리가 오랜 기간 동안 지
켜져 서로 천자와 제후의 나라로 인정하면서도 조선에서 볼 때 중국은 그리 좋

은 나라는 아니었다. 이러한 상황은 태종과 세조가 임금 자리에 올랐을 때와 관련시켜 볼 수 있다. 한 나라의 임금이지만 명나라에 허락을 받아야 했으니 임금으로서는 수치감이 컸을지도 모른다.

특히, 세조는 중국에서 온 사신이 문제를 삼으면 '이전의 사례와 조선의 고사를 근거로 대답하고, 변명하거나 논쟁을 벌이지 말고, 모두 전하에게 미루라'고 하여 중국 사신의 억누르는 태도에 직접 맞서려고 하였다. 심지어 세조는 1459년(세조 5년)에 여진에게 임명장을 주었고, 1460년(세조 6년)에는 중국 조정의 관작을 받은 건주 야인을 죽이기까지 하였다. 중국에서는 이를 캐물어 꾸짖으려고 장녕 일행을 조선에 사신으로 보냈다. 이에 대한 세조의 대응 태도는 매우 대담하여 건주 야인들을 조선의 백성이라 하는가 하면, 반란 혐의가 명백하다는 근거를 제시하여 당당하게 맞섰다.

이와 같은 세조의 대응은 조선이 중국과 더욱 대등한 입장으로 외교에 임하려는 노력에서 비롯되었다. 세조의 자주적 외교는 중국과 조선이 상하 수직 관계가 아니라 공동 문화권의 하나라는 공감대를 형성하는 방편이자 조선의 위상을 높이는 수단이라고 할 수 있다. 이러한 노력은 집현전 학사와 중국 문사가 주고받은 시문에서도 그대로 드러난다.

집현전 학사들은 국정의 실무에 대한 지식과 문필 능력을 두루 갖춘 문사들로서 시문의 주요 담당 층이었다. 그 까닭은 명나라가 문필 능력을 두루 갖춘 문사들을 뽑아 사신으로 보내왔기 때문이다. 중국과 비교해 모든 것이 약했던 조선 정부는 '문필' 이야말로 중국과 대등한 위치를 차지할 수 있다고 생각했다.

『최고운전』에서도 이러한 상황은 그대로 드러난다. 중국 황제가 뒤뜰에서 시 읊는 소리를 듣고 읊는 자가 유학을 공부하는 신라 선비임을 알게 된다. 이에 황제는 조그마한 나라의 선비가 과연 실력이 어떠한가를 판단하려고 중국의 문재들을 뽑아 신라로 보낸다. 그러나 중국 사신들이 신라에서 만난 사람은 이제 겨우 여섯 살 난 아이였다. 중국 학사들은 어린아이라고 아주 얕보지만, 중국 사신들의 안이함은 아이와의 실제 시문 문답을 통해 자신들의 어리석음을 깨닫는다. 『최고운전』의 내용과 세조의 외교 정책에서 보듯 조선은 중국과 관련해서 주체성을 확보하기 위해 끊임없이 노력했다.

『최고운전』에서는 중국이 대국으로서 조선을 부당하게 대우하는 것에 대한 강한 반발을 표현하고 있다. 이러한 표현은 이전의 관행이라는 듯 작가는 서술하나, 작가는 중국을 예전과는 다르게 인식하고 있음을 확연히 보여 준다. 또 최치원이 중국에 갈 때 신라왕에게 오십 척 모자를 달라고 하여 쓰고 중국에 가서 모자가 문을 통과하지 못하자 "작은 나라의 문에서도 내 모자가 걸리지 않았습니다. 하물며 대국의 문에서 제 모자가 걸리다니요?" 하며 중국을 비웃는다.

겉으로는 천자와 제후국이라는 동아시아의 틀을 깰 수 없지만, 문학적인 측면에서 나라의 독자성을 찾아 중국과 대등해지려는 노력을 『최고운전』에서 찾을 수 있다. 이는 동아시아 문화권에서 시문 능력의 좋고 나쁨이 문화국의 우열을 드러내기 때문에 작은 변방의 나라이지만 함부로 여길 수 없도록 하려는 행동으로 볼 수 있다. 이러한 행동은 세조대의 주체적 외교 정책이 뒷받침되었고, 중종반정 이후 이 정책이 절실하다고 여긴 16세기 지식인들에 의해 생성된 것이라 할 수 있다. 『최고운전』에서 어린아이와 중국 사신의 문답을 앞부분에 실은 것은 당시 조선이 중국보다 문학적으로 우수하다는 것과 함께 중국과 대등한 의식을 보이려는 장치였다.

● 도교 의식의 확산과 문학적 수용

지금까지 『최고운전』에서 드러난 '반중화 의식'을 정치적인 측면과 시대 상황을 중심으로 살펴보았다. 그러나 이것만으로 『최고운전』을 다 설명할 수는 없다. 『최고운전』 전반에 걸쳐 등장하는 '금돼지 설화'와 최치원의 신이성, 도와주는 여러 사람의 등장, 용궁과 천상 인물들과의 만남 등이 존재한다. 이 문제의 실마리를 도교에서 찾아볼 수 있다.

한반도에 도교가 처음 전래된 것은 삼국 시대로 보지만 실제로는 도교 수입 이전부터 중국 도교와 대등한 고유의 선도仙道가 전해 왔다고 한다. 이러한 도교적 요소들은 그 당시 강한 세력으로 널리 퍼져 나간 불교의 세력에 밀려 빛을 보지 못한 채 불교에 흡수되거나 민간 신앙 속에 감춰지고 말았다. 『열선전列仙傳』과 같은 원시 도교 자료에 매약상賣藥商・채약부목공採藥夫木工・목부牧夫・걸인乞人・어부漁夫・초부樵夫・점쟁이・신기료장수・마경인磨鏡人 등의 신선 직업들이 보이는데, 다양한 하층 민중의 일거리와 관계된다. 또 이들은 일반인의 모습을 한 영웅 같은 신선이지만 현실에서는 확고한 신분제로 양반에게 학대받고 무슨 일이든 해야 하는 존재였다.

이러한 인물들이 조선 전기부터 영웅시되었던 것은 아니다. 조선 전기에는 세종과 같은 어질고 현명한 임금이 나와 재주가 신통하고 비범한 사람이나 도교 설화가 입에 자주 오르내리지 않았다. 그러나 15세기 말에서 16세기 초에 연산군과 같은 폭군이 나타나 지배 계층 간의 갈등과 거듭된 사화로 동・서 간의 당쟁이 치열해졌다. 이러한 이유로 벼슬에 나아가지 않고 초야에 묻혀 스스로 방외인이라 여긴 신선의 술법을 지닌 재주가 신통하고 비범한 사람의 일화가 조선 전기보다는 많아졌다(곧 김시습으로부터 홍유손, 정희량, 서경덕, 전우치, 박지화, 서기, 이지함, 한무외, 남궁두 등이 그들이다). 이러한 의식의 흐름이 16~17세기에 형성되는데, 이 시기 도교 문학의 대표로 '신선전神仙傳'과 '유선 문학遊仙文學'을 들 수 있다.

도교는 유교와 달리 민족의 주체성과 우월성을 강조한다. 민족의 시조를 유학을 공부하는 선비들은 '기자'를 섬기지만, 도교에서는 '단군'으로 단정하는 것이 그 증표이다. 『최고운전』에서 최치원이 인간 세상으로 내려오는 것을 밝히는 것은 그가 원래는 '하늘 위에 산다는 신선'이었으므로 인간계 어느 누구든지 심지어 황제까지도 대항할 수 없음을 보여 주기 위함이다. 작가는 최치원을 통해 우리 민족의 우월성을 나타낸다.

16세기 말을 대표하는 『최고운전』에서도 당시 시대의 흐름에 따르듯 도교적 색채가 짙은데, 도교적 공간과 함께 최치원의 신이성을 그 예로 들 수 있다. 금 돼지가 사는 곳의 묘사를 보면, "세상에 어찌 이런 곳이 있으랴. 반드시 신선이 사는 곳일 것이다.", "천궁의 자미전과도 같았다.", "이 땅은 인간 세상이 아니 니 죽는 이치가 없으니."라고 하여 마치 이상 세계를 보는 듯하다. 이상 세계는 현실의 고난과 대비되는 곳으로 도교의 주된 공간이다. 또 최치원의 신이성은 최치원이 금돼지의 아들이라 의심해서 버렸지만 "하늘이 그 아이를 돌보아 선 녀를 보내서 젖을 먹여 길렀다."고 하는 부분을 통해 간접적으로 알 수 있다. 이후 최치원의 신이성은 『최고운전』의 도움을 주는 여러 사람, 이를테면 위이 도의 비를 뿌려 준 이목, 간장 적신 솜을 준 한 노파, 부적을 준 여인 등으로 더 욱 두드러진다. 이처럼 도와주는 이들의 행동과 말을 통해 『최고운전』의 도교 적 경향을 읽어 낼 수 있다.

이로 볼 때 『최고운전』은 조선 전기부터 가지고 있던 '반중화 의식'을 주제 로 하여 16세기에 창작된 소설이라고 규정할 수 있다. 그리고 16세기에 성행했 던 도교 의식이 널리 퍼져 『최고운전』의 작가도 이를 바탕으로 민족의 주체성 과 우월성을 표현하려 했다.

● 『최고운전』에 숨겨진 '반중화 의식'의 의미

조선 시대 전반에 걸쳐 중국에 저항할 힘이 없었던 조선은 중국과 대등해지려 는 방안을 찾아야만 했다. 그것이 바로 뛰어난 인적 자원을 동원한 문학적 대 응이다. 그리하여 『최고운전』의 작가는 중국 학사들이 여섯 살 먹은 아이에게 조차 문답에서 지는 상황을 제시하여 결국 조선은 쉬운 나라가 아님을 의도적 으로 드러낸다. 이를 고려해 신라 시대 명문장가였던 '최치원'을 주인공으로 내세웠던 것으로 생각한다.

최치원은 신라뿐만 아니라 당나라에서도 빈공과에 합격해 관리를 지냈던 인물이라 더욱 적격자였을 것이다. 겉으로는 사대의 의리를 지키며, 속으로는 우리의 독자성을 찾고자 '문장으로 나라를 빛냄'의 의미를 드러내 중국과 대등함을 표현했다고 본다. 또 최치원은 도교의 맥을 잇는 인물로 자주 떠오른다. 최치원의 말년 행적이 이러한 경향을 더하는 것 또한 사실이다. 앞에서도 밝혔듯이 도교는 유교와 달리 조선 민족의 주체성을 내세웠기에, 문장으로 중국에까지 이름을 날렸던 최치원은 '반중화 의식'을 꾀하는 소설 주인공으로 제격이었다.

『최고운전』에서 '반중화 의식'을 표현하면서 조선의 자존심을 세운 일화는 돌함 속에 계란이 있었음을 알아맞힌 일이다. 중국이 신라에 돌함을 보낸 이유는 신라에 뛰어난 인물이 있는지 시험해 보기 위해서이다. 이러한 행위는 중국이 조선을 견제한 방법 중 하나로 볼 수 있다. 그러나 이 문제를 해결한 사람은 정부의 높은 벼슬아치가 아니라 한낱 파경노인 최치원이었다. 그것도 붓을 발에 꽂고 잠만 자다가 시 한 수를 완성하여 문제를 푼다. 파경노가 붓으로 문제를 해결한다는 것은 최치원이 신라 당대의 유명한 문장가라 가능했던 장치이다. 최치원을 내세워 붓으로 시를 써서 문제를 풀었다는 것은 조선이 중국처럼 힘으로 행세하지 않고 학문과 법으로 해결한다는 것을 보여 준다. 이와 관련해 최치원이 중국에 있을 때 황소와 이비의 무리를 글로 감복시켰다는 일화에서도 그 증거를 찾을 수 있다.

『최고운전』에서는 중국을 더욱 적대적으로 표현한 부분이 있다. 최치원이 중국 황제에게 직접 항변하는 모습에서 잘 드러난다. 중국 황제는 중국의 신하들이 최치원이 '중국이 비록 크나 소국보다 못하게 여긴다'는 상소를 올려 최치원을 남쪽 바다 섬에 귀양 보낸다. 최치원은 그곳에서 지난날 노인이 준 간장 적신 솜을 씹어 먹으며 몇 달 동안 겨우 살아간다. 아무것도 먹지 못해 죽었을 것으로 생각했던 최치원이 황제에게 시를 보내고 황제가 보낸 심부름꾼을 꾸짖어 돌려보내자 이에 놀란 황제는 다시 사자를 보내지만 최치원은 이 심부름

꾼을 보내 꾸짖어 돌려보낸다. 이에 화가 난 황제는 조선은 중국의 한 영토에 지나지 않고 조선의 임금마저도 중국 황제의 신하이니 자신의 명령을 모두 따라야 한다는 것을 강조하였다. 황제의 말에서 중국이 조선을 어떻게 인식하는지 알 수 있다. 실제로 중국이 조선에 강압으로 '업신여김'을 행했기에 조선의 주체성 회복을 주장하는 『최고운전』의 작가는 중국에 대한 반감을 드러내 놓고 제시한다. 그리하여 『최고운전』의 작가는 뛰어난 지략과 시문 능력을 보여 준 최치원이 중국 문사보다 낫다는 것을 표현한다.

중국에 대한 반감은 최치원이 중국 조정의 속임수에 대응하는 과정에서도 잘 드러난다. 여기에는 최치원의 능력에 의한 것이기도 하지만, 앞에서 밝혔듯이 도와주는 이들이 여럿이라 가능했다.

한 여인이 부적을 주며 중국 황제가 설치한 함정을 피하라고 주의를 준다. 이 여인과의 만남은 그전에 한 노인의 만남이 있은 뒤에 이루어질 수 있었다. 그 노인도 "중원에 들어가면 반드시 큰 화를 만날 것이니 부디 조심하라"며 최치원에게 알려 준다. 이 두 사람의 예언에서 중국에 대한 불신이 묘사되고 있다. 그런데 중국에 대한 불신에서만 그치는 것이 아니라 불신하는 대상을 무찌르도록 비방해 준다는 것이 더 중요하다.

능력이 뛰어난 최치원도 할 수 없는 일을 노인이나 여인이 해결하도록 도와준다. 도움을 주는 이들은 도교에서 말하는 선승이나 도사들이지만 단순한 종교적 차원이 아닌 민중의 간절한 바람이 이들의 말에 담겨 있다. 천제까지도 인정한 최치원이지만 도와주는 이들의 도움이 없었다면 최치원은 중국에서 살아남지 못했다. 도와주는 이들의 도움은 바로 민중의 도움이다. 곧 『최고운전』에 서술된 설화적 요소는 바로 민중의 입에 오르내렸던 이야기가 소설에 드러난 것으로 볼 수 있다.

『최고운전』의 작가는 도교적 인물을 내세워 이들의 능력을 최치원에게 제공해 현실에서는 조선에 압박만 가하는 중국을 조롱하며 하찮게 묘사한다. 이러한 장면은 도교적 상상력이 아니면 있을 수 없는 설정이다. 도교적 상상력은 현실과는 거리를 두지만 그 지향점은 현실보다 더 적극적이다. 그렇기에 『최고운전』의 작가는 중국과 대등해지면서 민족의 주체성을 확보하고자 찾은 도구가 바로 '문학'과 '도교'이다. 문학은 문명의 나음과 못함을 비교하는 잣대로서, 도교는 주체성을 확보하고 현실을 헤쳐 나가는 도구로서의 의미가 있다.

● 『최고운전』의 판본

『최고운전』은 정병욱이 김집의 『수택본 전기집』을 소개하면서부터 학계에 알려졌다. 그 뒤 『최고운전』의 연구가 활기를 띠어 여러 판본이 확인되었다. 한문 필사본 17종, 국문 필사본 16종, 한문 판각본 2종, 국문 활자본 4종, 일어 번역본 1종 등이며, 이본의 명칭 또한 『최고운전』, 『최충전』, 『최치원전』, 『고운전』, 『최문장치원전』, 『최문창전』, 『최문헌전』, 『최선전』, 『신라최랑물어新羅崔郎物語』 등으로 다양하다.

이 중에서 한문본의 선본은 17세기 초기에 김집이 『수택본 전기집』에 수록한 『최문헌전』이고, 18세기 이전에 이미 있어 왔던 한글본은 『최충전』이다. 한문본과 한글본은 독립적으로 전해 온 듯하다. 한문본은 『최문헌전』이 선본이나 이미 정학성 선생님에 의해 번역본이 나온 상태라 같은 한문본 계열인 국립도서관 소장 『최고운전』을 이 책의 텍스트로 삼았다.

● 『최고운전』의 의의

이 책에서는 '반중화 의식'의 구현체라 했고, '중국에 대한 반감 의식'이 많은 작품이라 평했다. '반중화 의식'은 '화이론'에 얽매인 유학을 공부하는 선비들, 즉 상층 사대부 중에 민족의식을 고취하고자 노력했던 인사들의 의식이

『최고운전』작가에 의해 이루어졌다고 볼 수 있다. 반면, '화이론'에서 자유로 웠던 조선의 민중은 중국을 이제 조공을 받치는 큰 나라가 아니라 우리보다 못 하다고 여겼고, 이러한 민중의 바람을 『최고운전』의 작가가 도교적 상상력을 이 용해 심리적 보상을 얻고자 했다. 결국 『최고운전』은 16세기에 중국과의 관계에 서 주체성을 찾으려는 상층 사대부들이 문학적으로 중국과 대등해지려는 의식 과 도교적 상상력에 의지했던 민중의 바람 아래 창작된 소설이라 할 수 있다.

요즘 중국이 동북공정을 위해 만리장성의 위치를 고구려 땅까지 연결되었다 고 억지를 부린다. 그리고 고구려부터 조선까지 중국에 조공을 바치던 제후국 이었다고 하여 우리를 중국에 딸린 한 부분으로 보고 있다. 그렇다고 중국을 부정적으로만 대응하자는 것은 아니다. 지금 청소년은 앞으로 우리 시대를 대 변할 계층이다. 이들이 우리의 역사를 제대로 알아야 세계화 시대에 우리의 정 체성을 확보할 수 있다.*

---

*조상우, 「'최고운전'에 표출된 대중화對中華 의식意識의 형성 배경과 의미」, 『민족문학사연구』 제25 집, 민족문학사학회, 2004년을 수정 보완하였다.